PATHOS

삶과 태도에 관하여

한 개의 기쁨이 천 개의 슬픔을 이긴다

조우성
변호사
에세이

쌤앤파커스

일러두기

이 책에 등장하는 인물들의 이름은 모두 가명이며 나이, 직업 등도 모두 변경했습니다. 사건 당사자로부터 승낙을 얻은 에피소드를 제외한 나머지는 실제 사건에서 기본적인 모티브를 따오되 상당 부분 각색하였습니다.

PATHOS

삶과 태도에 관하여

한 개의 기쁨이
천 개의 슬픔을 이긴다

저마다 결이 다른 수많은 인생, 그 속에서 마주한 슬픔과 기쁨

지난 28년간 변호사로 일하며 수많은 사람들을 만났다. 저마다의 상처를 안고 찾아오는 이들의 사연은 무엇 하나 드라마 같지 않은 것이 없다. 좌절의 늪에서 빠져나와 멋있게 재기한 사람, 자만심 때문에 성공의 꼭대기에서 추락해 모든 것이 무너진 사람, 다른 이의 신뢰를 악의적으로 이용한 사람, 가족이라는 울타리를 지켜내기 위해 자신의 안위를 포기한 사람.

드라마보다 더 드라마 같은 이들의 인생 이야기를 듣다 보면 한 가지 공통점을 발견한다. 이들 모두 가슴속 켜켜이 분노와 원망을 쌓은 채 최후의 방법으로 택한 것이 소송이라는 사실이다.

*

사람이 법에 기대어 법정을 찾게 되는 때는 인생에서 가장 힘겨운 시간을 경험하고 있을 때다. 그런 의미에서 이들은 같은 출발선에서 시작한다고 볼 수 있지만, 소송 이후의 삶은 천차만별로 달랐다. 어떤 이는 승소를 해도 마음의 상처를 치유하지 못했고, 어떤 이는 패소를 해도 후련한 마음으로 결과를 받아들였다. 2년의 재판 끝에 승소를 했음에도 분노에 젖어 모든 것을 잃은 사람이 있는 반면, "이 사건은 이길 수 없습니다. 패소가 확실합니다."라고 말해도 끝까지 철회하지 않고 심지어는 패소했음에도 나를 지인에게 추천하는 사람도 있었다.

*

나는 많은 의뢰인들과 함께하는 과정에서 자연스럽게 삶의 본질에 대해 고민했고, 그 끝에 한 가지 알게 된 것이 있다. 격한 인생의 소용돌이에 휘말려 있는 이들이 감정의

극점에 외롭게 서 있을 때, 그들의 삶에 공감해주는 단 한 사람을 만나느냐 그러지 못하느냐에 따라 그들 인생의 명암이 달라지는 것을 수없이 목격했다.

승패 여부와 상관없이 소송의 과정을 거치며 삶의 용기를 얻고 자기치유를 시작하느냐, 이와 반대로 마음속 분노를 끌어안은 채 생의 많은 시간을 제자리걸음하며 보내느냐는 이들이 누군가에게 어떤 마음으로 대접을 받았느냐에 따라 달라진다.

이 깨달음을 얻은 후부터 나는 나를 찾아온 이들의 얘기에 더욱 최선을 다해 귀를 기울였고, 이 책은 이를 실현하고자 노력한 지난 시간들을 돌이켜본 결과물이다. 이를 통해 상처와 치유의 찰나, 인생의 진리와 가치를 통찰하게 한 사건과 순간들을 다른 이들과 함께 나누고 싶었다.

*

첫 책을 출간한 이후로도 여전히 법정에서 다양한 인생의 파노라마를 목격하고 있다. 시간이 흐를수록 더욱 분명해지는 것은, 법은 차갑지만 그 차가운 법 속에서도 인간의 이야기는 불꽃같이 살아 숨 쉰다는 사실이다. 법정은 단순히 승패를 가르는 곳이 아니라, 인간의 희로애락이 교차하는 삶의 현장임을 매일 실감한다.

인생길에는 크고 작은 고비가 있게 마련이다. 그 길에 우리는 때로 힘을 잃기도 하고, 때로 좌절하기도 한다. 그럼에도 우리가 살아갈 수 있는 이유는 길가에 핀 들꽃 한 송이에서도 감동을 얻기 때문이다. 천 가지의 슬픔이 있어도 한 가지의 기쁨이 있다면 우리는 또 한 발자국 앞으로 발을 내디딜 수 있다. 우리는 그렇게 살아왔고 앞으로도 그렇게 살아갈 수 있을 것이다. '사는 게 무엇인가'라는 해묵은 질문에 대해 만 개의 답을 내릴 수 있겠지만 그 답 중 하나가 이것임에는 분명하다. 우리는 천 가지의 슬픔이 있어도 한 가지의 기쁨으로 살아갈 수 있는 존재라는 사실이다.

*

이 책 속 주인공들의 인생 이야기가 어둠을 밝히는 생의 지혜 한 자락, 파팍해진 무릎을 두드리고 다시 먼 길을 떠날 수 있는 용기 한 줌이 되었으면 한다. 그리고 혹시라도 품고 있었을 응어리진 상처와 분노를 되돌아보는 계기가 될 수 있기를 소망한다.

개정판을 준비하던 작년 겨울은 그 어느 때보다 추웠고, 법이 창이 되고 방패가 되어 소용돌이치는 시대를 우리는 다 같이 목도했다. 우리 사회는 전례 없는 도전과 변화를 겪고 있고, 많은 이들에게 법은 더 어렵고 복잡하고 차갑게 느껴질 것이다. 하지만 이런 시기일수록 우리는 법의 본질을 잊지 말아야 한다. 법은 결국 사람과 사회를 위한 것이며, 정의와 공정을 실현하기 위한 도구라는 점을 기억해야 한다. 이 책을 통해 독자들이 법의 인간적인 면모를 발견하고, 어려운 시기를 헤쳐 나아갈 용기와 지혜를 얻기 바란다.

조우성

차례

차라리
유죄를 택하겠습니다

☘

"변호사님, 이번 국선변호 건은 좀 무거운데요?"

송무과장이 이번에 내가 맡을 국선변호 건을 보고하러 들어왔다. 보통 국선변호 사건은 단순 폭행이나 절도가 많은데 이번에는 피해액이 제법 큰 경제사범이었다. 변호사들이 반드시 이행해야 할 의무 중 하나인 국선변호지만 이번 건은 쉽지 않을 것 같은 예감에 부담이 앞섰다.

김성원 씨의 죄명은 '유사수신행위규제법 위반'이었다. 금융기관이 고객들로부터 돈을 입금받은 뒤 일정 기간이 지난 후에 이자를 붙여주는 것을 수신(受信)행위라고 한다. 이런 수신행위는 인가를 받은 금융기관만 취급할 수 있다. 사설 업체가 정부의 인가 없이 '천만 원을 맡기면 매주 100만 원씩 열두 번에 걸쳐서 돌려주겠다'는 식으로 높은 이자를 약속하면서 돈을 받는 경우가 있는데, 이는 '유사수신행위'라고 해서 법에 따라 무겁게 처벌된다.

성원 씨를 비롯한 일당 일곱 명은 경기도 ○○읍의 주민 300명을 대상으로 양돈 사업에 투자해서 돈을 불려주겠다고 약속하고는 일인당 적게는 수백만 원에서 많게는 수 천만 원씩 투자받았다. 이들은 투자자들에게 매주 일정한 이자를 지급하며 신뢰를 쌓다가 어느 날 100억 원에 이르는 돈을 챙겨 도망가버렸다. 결국 주범을 제외한 일당 여섯 명은 경찰에 구속되었다.

변호 준비를 위해 처음 구치소에서 만난 성원 씨는 내게 이렇게 변명했다.

"전 그런 일인 줄 전혀 몰랐습니다. 동네 형이 손님들에게 커피 타드리고, 나이 드신 분이 오시면 어깨 주물러드리면 된다고 해서 갔을 뿐입니다. 전 수고비 명목으로 돈을 조금 받은 것밖에는 없습니다."

기가 막혔다. 징역 3년 형을 눈앞에 두고 있는 사람이 자기가 무슨 일을 저질렀는지 전혀 파악하지 못하고 있다니……. 그는 자신을 둘러싼 상황의 심각성을 전혀 인지하지 못하고 있었다. 나는 성원 씨에게 수사기관이 이미 증거를 확보했으니 순순히 잘못을 인정하고 법원의 선처를 바라는 것이 어떻겠느냐는 의견을 전했다. 냉혹하지만 불가피한 제안이었다. 그러자 성원 씨는 하소연했다.

"잘못한 것이 없는데 죄를 인정할 수는 없지 않습니까? 제가 사람들을 상대로 사기 친 것이 없는데 벌을 받는 건 억울합니다. 변호사님, 진실을 밝혀주십시오."

국선변호 사건은 대부분 피고인이 죄를 시인하는 사건이라 변호할 때 큰 어려움이 없는데, 이번 사건은 피고인이 무죄를 주장하고 있어서 앞으로의 변호가 만만치 않으리라는 예감이 들었다. 게다가 피해액 규모가 워낙 크고 증거도 명백해서 성원 씨가 무죄를 받을 가능성은 희박했다.

*

성원 씨를 만나러 성동구치소에 가던 두 번째 날, 나는 유사수신행위를 한 일당이 피해자들에게 나눠준 투자설명서를 성원 씨에게 내밀었다. 투자설명서에는 일정한 금액을 투자하면 상당한 이자를 붙여서 돌려줄 수 있으며 자신들이 진행하는 양돈 사업은 전망이 아주 밝다는 내용이 화려한 그래프와 함께 설명되어 있었다.

"이런 투자설명서를 피해자들에게 나눠준 것이 사실입니까?"

내가 내민 투자설명서를 받아 든 성원 씨는 마치 그 설명서를 처음 본다는 듯 고개를 갸웃거렸다. 그러더니 설명서를 멍하니 바라보며 한참을 망설이다가 한숨을 푹 내쉬었다. 나는 성원 씨가 이제야 자신의 죄를 시인하는 것으로 생각했다. 그런데 곧이어 나온 이야기는 전혀 뜻밖이었다.

"변호사님, 사실대로 말하면…… 전 한글을 못 읽습니다."

나는 한동안 눈을 깜빡였다. 처음에는 무슨 말인지 잘 이해하지 못했다.

"네? 뭐라고요?"

나는 몇 번쯤 되묻고 나서야 비로소 상황을 파악할 수 있었다.

성원 씨는 한글교육을 제대로 받지 못해 자기 이름 외에는 읽을 수 있는 글자가 거의 없었다. 요즘도 이런 사람이 있을까 하는 의구심이 들었지만 성원 씨와 계속 대화를 나누다 보니 거짓말은 아닌 것 같았다.

부끄러워하며 고개를 숙이고 있는 성원 씨를 보면서 나는 속으로 쾌재를 불렀다. 무죄를 받아낼 수 있을 것이라는 확신이 들었기 때문이다. 지금 경찰이나 검찰이 주장하는 범죄 사실의 핵심은 성원 씨도 다른 일당과 작당하여 피해자들을 속이려는 고의를 갖고 투자를 권유했다는 것인데 도대체 한글도 못 읽는 사람이 무슨 사기행각을 벌인다는 말인가? 성원 씨가 내게 했던 변명, 즉 단순히 방문한 사람들에게 커피를 타주고 어깨를 주물러주었다는 진술이 사실이었던 것이다. 나는 웃으며 자신 있게 말했다.

"다행입니다. 오히려 잘됐습니다. 제가 성원 씨 무죄를 입증할 수 있습니다. 걱정하지 마십시오."

그러자 성원 씨는 조심스럽게 말했다.

"변호사님, 제가 한글을 못 읽는다는 걸 밝히실 건가요? 부탁입니다. 제가 한글을 모른다는 얘기는 재판에서 절대 하지 말아주십시오."

무죄를 입증할 유일한 방법을 거절하다니, 이건 또 무슨 말인가? 나는 크게 심호흡을 한 뒤 성원 씨에게 구체적인 상황을 설명했다.

"이대로 재판이 진행되면 성원 씨는 아마도 징역 3년 형을 받을 가능성이 큽니다. 한글을 모른다는 사실은 무죄를 입증할 가장 확실한 방법이에요."

하지만 성원 씨는 단호했다.

"피해자가 모두 우리 마을 사람들입니다. 재판을 할 때는 아마 마을 사람들이 전부 법원에 올 겁니다. 제 아들이 지금 고3입니다. 아들은 저를 닮지 않아서 그런지 공부를 잘합니다. 몇 달 뒤면 수능시험이 있습니다. 만약 제가 한

글을 모른다는 사실이 밝혀지면 아들은 마을에서 놀림거리가 될 것이고, 그렇게 되면 시험공부를 제대로 할 수 없을지도 모릅니다."

나는 다시 성원 씨를 설득했다.

"성범죄 재판의 경우 재판장의 허가를 받아 방청객들을 전부 퇴장시킨 다음 재판을 진행하는 방법도 있습니다. 이번 사건도 재판장에게 사정을 설명하면 비공개 재판을 진행할 수도 있을 겁니다."

하지만 성원 씨는 어떤 방법을 쓰더라도 자신이 글을 못 읽는다는 것이 밝혀질 우려가 있다면서 제발 자신의 의견에 따라달라고 부탁했다. 나는 어쩔 수 없이 최후의 수단을 썼다. 협박을 한 것이다.

"지금 2주일 정도 구속당해보니 어떤가요? 힘들지요? 그런데 일이 잘못되면 자그마치 3년입니다. 앞으로 3년을 감옥 안에서 살아야 한다고요. 아마 아드님도 이해해줄 겁니다. 설마 아드님이 아버지가 고생하는 것을 바랄까요?"

성원 씨는 주저하는 목소리로 이렇게 대답했다.

"변호사님, 힘드시면 저 변호 안 해주셔도 됩니다. 저 그냥 3년 감방에서 살겠습니다. 이렇게 제 이야기 들어주신 것만으로도 감사합니다."

성원 씨의 생각이 확고했다. 의뢰인의 뜻을 존중하는 것도 변호사의 몫이었다. 나는 결국 변호의 방향을 수정해 성원 씨의 행위 가담 정도가 약하다는 점을 밝히는 데 주력하기로 했다. 그때부터 3개월간 치열한 법정공방이 진행되었다.

주범이 도망가버린 상황이라 남아 있는 공범들은 어떻게든 자신의 행위 가담 정도가 다른 사람에 비해 미미하다는 점을 입증하기 위해 상대방에게 죄를 떠넘기는 꼴사나운 광경을 연출했다. 이는 성원 씨에 대해서도 예외가 아니었다. 성원 씨에게 도와달라고 부탁했다는 선배라는 사람도 자신이 빠져나가기 위해 정작 중요한 투자설명은 성원 씨가 했다는 식으로 법정에서 허위진술까지 했다. 그런데도 성원 씨는 멀뚱멀뚱한 눈으로 그 선배를 바라보고만 있었다.

반박할 증거가 부족했던 나는 피해자들의 집을 수소문해서 찾아다니며 실제 투자 권유를 한 것은 다른 사람이고, 성원 씨는 별다른 구체적인 설명을 하지 않았다는 점을 증언해달라고 사정했다.

하지만 피해자들은 "성원 씨가 뭐 잘했다고 내가 그 사람 편을 들겠소?"라고 반문했다. 나는 "그래도 억울한 사람이 옥살이를 해서야 되겠습니까?"라면서 거듭 하소연했고 다행히 성원 씨에게 우호적인 두 사람을 증인으로 세울 수 있었다.

두 명의 증인에게 내가 질문했던 내용은 다음과 같다.

"투자설명회에 갔을 때 자료를 나눠준 사람은 누구인가요?"

"투자설명 자료에 따라 설명을 진행한 사람은 누구인가요?"

"그런 일련의 과정에서 성원 씨가 한 행동은 무엇인가요?"

"성원 씨가 단 한 번이라도 투자에 대해 설명을 한 적이 있나요?"

일단 증인석에 서게 되면 거짓 증언을 할 경우 위증죄로 처벌받을 수 있기에 증인들은 사실대로 증언하게 된다. 다행히 증인들은 성원 씨가 직접 투자설명을 한 사실은 없으며 현장에서 커피를 타거나 잔심부름만 했다는 점을 증언해주었다. 그래도 애가 탔던 나는 증인신문을 하면서 '저 사람은 한글도 읽을 줄 모르는 사람이라고요!'라고 소리지르고 싶은 욕망을 몇 번씩이나 씹어 삼켜야 했다.

지루한 법정 공방이 끝난 후 드디어 피고인들에 대한

1심 판결이 선고되었다. 성원 씨를 제외한 나머지 5명은 징역 1년에서 징역 3년의 실형을 선고받았고, 성원 씨는 행위 가담 정도가 미약하다는 점이 인정되어 징역 1년에 집행유예 2년의 형을 선고받았다. 집행유예를 선고받으면 일단 석방이 되기 때문에 성원 씨는 4개월 만에 가족의 품으로 돌아갈 수 있었다.

*

그로부터 한 달 뒤, 성원 씨로부터 만나자는 연락을 받고 사무실 근처 식당으로 향했다. 성원 씨와 그의 아내 그리고 아들이 나를 기다리고 있었다.

"그동안 정말 애 많이 써주셨는데 제대로 고맙다는 인사 말씀도 못 드렸습니다. 약소하게나마 식사대접이라도 하려고 왔습니다."

파란색 수의를 입은 모습만 보다가 멀쩡하게 양복을 차려입은 성원 씨의 모습이 왠지 낯설어 보였다. 같이 식사를 하면서 이런저런 이야기를 나누는데, 인상적이었던 것은 요즘 아이들답지 않게 깍듯한 태도로 아버지를 대하는 성원 씨 아들의 모습이었다. 성원 씨도 아들 앞에서는 위엄 있는 아버지의 모습 그 자체였다. 식사 중 성원 씨 아들이 내게 이런 말을 했다.

"전 이번에 아버지 재판을 보면서 법대에 진학하기로 마음먹었습니다. 억울한 일을 당한 사람들을 위해 애쓰시는 변호사님 모습이 정말 좋았습니다. 저도 꼭 어려운 사람을 돕는 변호사가 되고 싶습니다."

괜스레 콧날이 찡해졌다. 식사를 마치고 아들의 손을 꼭 잡고 가는 성원 씨 가족의 뒷모습을 보았다. 징역 3년과 맞바꾸면서 지키려 했던 것이 바로 저 굳건한 아버지의 모습이었나……. 자식을 위한 아버지의 무거운 침묵 앞에서, 나는 한동안 발걸음을 떼지 못했다.

사람들은 자신의 가치관에 따라 다양한 선택을 한다. 내 기준으로 '다른 사람도 이럴 것이다'라고 지레짐작하는 것은 참으로 위험한 일이다. 때로는 우리가 각자 '상식'이라고 생각하는 것과 전혀 다른 선택이 값진 의미를 지닐 수 있다.

아들의 수능시험을 위해 3년간의 감방생활을 감수하겠다는 생각은 분명 일반적인 것이 아니다. 물론 성원 씨가 아들의 수능시험만을 걱정한 것은 아니었을 것이다. 그동안 아버지로서 아들에게 보여주었던 위엄을 잃고 싶지 않은 마음도 컸으리라. 하지만 그렇다 하더라도 그 대가가 징역 3년이라면 우리는 성원 씨와 같은 결정을 내릴 수 있었을까?

배우지 못하고 가난해도 성원 씨는 그 누구보다 위대한 아버지였다. 비단 성원 씨뿐이겠는가. 자식을 위해서라면 자신의 안위쯤 얼마든지 내던져버릴 준비가 되어 있는, 이 땅의 모든 위대한 아버지들께 힘내시라는 말씀을 전하고 싶다.

몇 대
맞으시면 됩니다

☘

김봉학, 김병학, 김영학 삼형제는 20년 전에 선친이 작고하면서 선친 명의로 되어 있던 인천광역시 강화군의 논 5천 평을 셋째인 김영학 씨 단독 명의로 이전했다. 첫째인 김봉학 씨와 둘째인 김병학 씨는 서울에서 대학을 마치고 각각 사업과 직장생활을 하고 있었고, 공부에 별 취미가 없던 막내 김영학 씨는 시골에서 부모님을 모시고 농사를 지었다. 대신 논에서 생산되는 쌀 중 20퍼센트 정도를 매년 첫째와 둘째에게 보내주고 나머지는 막내가 직접 소비하거나 팔아서 생계에 보태기로 형제들 간에 합의를 했다. 당시 논 자체는 별다른 값어치가 없었다.

그런데 20년이 지난 후 생각지도 않은 일이 벌어졌다. 김영학 씨 명의의 논을 포함한 주위 일대가 개발지역으로 고시되고 정부에 의해 수용이 결정되면서 보상금으로 100억 원가량이 책정된 것이다. 평생 농사만 짓던 김영학 씨 입장에서는 뜻하지도 않은 횡재를 만난 셈이었다.

마음 착한 김영학 씨는 그 땅이 자신의 이름으로 등기되어 있지만 아버지로부터 물려받았기에 형들과 함께 소유

한 공동재산이라는 생각을 항상 하고 있었다. 그래서 보상금을 형들과 어떻게 나누어야 할지 고민했다.

그러던 어느 날 두 형이 김영학 씨 집으로 들이닥쳐 다짜고짜 한 장의 각서를 내밀었다. 평생 농사밖에 모르던 김영학 씨는 각서에 쓰인 내용을 제대로 이해할 수 없었다. 두 형은 "전문 변호사에게서 감수를 받은 것이니 문제없다."며 각서에 서명하라고 다그쳤다. 대충 내용을 살펴보니 논에 책정된 보상금을 첫째가 50퍼센트, 둘째가 35퍼센트, 셋째가 15퍼센트씩 나눠 갖는 것으로 되어 있었다.

김영학 씨는 자신의 지분이 너무 적은 것 아니냐고 물었지만 두 형은 "이미 오랫동안 네가 이 땅을 이용해왔고, 또 원래 상속법상 큰아들과 둘째아들이 막내보다는 많이 가져가게 되어 있다."고 설명했다. 물론 이것은 거짓말이었다. 민법상 형제들의 상속분은 동일하다. 김영학 씨의 손끝이 떨렸다. 평생 형들을 믿고 따르며 살아왔다. 하지만 이번만큼은 무언가 잘못된 것 같았다. 그럼에도 형들의 성화에 못 이겨 결국 각서에 서명을 하고 말았다.

*

나를 찾아온 것은 김영학 씨의 아들인 김제형 씨였다. 제형 씨는 울분을 터뜨렸다.

"우리 아버지 말입니다. 그 뙤약볕 아래서, 그리고 비바람 맞으면서 농사지으셨고요. 저도 그랬습니다. 가을에 추수를 하면 아무것도 도와주지 않은 큰아버지들에게 매년 꼬박꼬박 가마에 쌀을 담아서 보냈습니다. 할아버지 명의의 논을 우리 아버지 앞으로 넘긴 것은 큰아버지들이 다 동의하신 것이고, 그동안 그분들은 이 논에 전혀 관심도 없으셨다고요. 지난 20년간 이 논에 대한 세금은 전부 우리가 냈고, 할아버지 할머니도 아버지와 제가 모셨습니다."

나는 제형 씨의 아버지가 서명날인한 각서를 건네받은 후 그 내용을 찬찬히 검토했다. 주요한 내용은 이랬다.

1. 김영학은 자신의 명의로 되어 있는 인천광역시 강화군 ○○ 소재 답(畓, 논) 5천 평에 대해 배당되는 수용 보상금 중 50퍼센트를 김봉학에게, 35퍼센트를 김병학에게 지급하기로 한다.

2. 한편 그동안 위 논을 활용해 농사를 지어온 김영학은 그 이익을 두 형에게 반환한다는 의미에서 위 1항에 따른 금액 분배 과정에 발생하는 제세공과금을 전부 부담하기로 한다.

"이 내용은 아버님에게 아주 불리한 내용인데, 왜 여기에 덜컥 서명하고 도장을 찍으신 거죠?"

"아버지도 처음에는 의아하게 생각하셨다고 합니다. 하지만 큰아버지 두 분이 윽박지르기도 하셨고, 원래 이렇게 하는 것이 법적으로 맞는 거라고 해서 그냥 서명하고 도장을 찍으셨다고 합니다. 하지만 엄밀히 말해서 협박당해서 한 서명이니까 이 각서는 효력이 없는 게 아닙니까?"

나는 고개를 저었다.

"물론 민법에는 협박을 당해 공포심을 느껴 체결한 계약은 나중에 이를 무효로 할 수 있다는 규정이 있긴 합니다. 하지만 법원이 '협박을 당했음을 인정해주는 범위'는 아주 좁습니다. 흉기로 위협을 당했다거나 하는 것처럼 매우 위협적인 상황이면 몰라도 단지 윽박지른 정도를 가지고는 각서를 무효로 만들 수 없을 것 같습니다."

상담을 하면서도 마음이 좋지 않았다. 형들의 욕심이 과했다. 특히 '제세공과금까지도 전부 김영학이 부담한다'는 부분은 김영학 씨에게는 치명적인 독소 조항이었다.

현재 논의 명의는 김영학 씨 앞으로 되어 있으므로 보상금은 일단 김영학 씨 앞으로 귀속되었다가 다시 두 형에게 분배된다. 그렇다면 세금은 최초 100억 원이 김영학 씨에게 배정될 때 한 번 부과되고, 그 돈 중 일부가 다시 두 형에게 지급될 때 또 한 번 부과된다. 그런데 각서에 따르면 제세공과금을 전부 김영학 씨가 부담하기로 되어 있으므로 100억 원의 보상금 중 김영학 씨가 실제로 손에 쥐는 돈은 5억 원도 안 될 것 같았다.

"아버지는 항상 큰아버지들 자랑을 하셨습니다. 아버지와 달리 다들 공부를 잘하셔서 서울에 있는 대학도 가고 좋은 직장에도 취직하고 그러셨거든요. 그런데 한 분은 사업에 실패하셔서 빚이 꽤 많으시고, 또 한 분은 월급쟁이로 근근이 생활하시다가 이번에 보상금이 나오니 완전히 눈이 뒤집힌 거죠. 아버지는 이제 무슨 수를 쓰더라도 각서를 무효화시키고 세 형제가 정당하게 3분의 1씩 가져가기를 원하세요. 변호사님, 도저히 방법이 없겠습니까?"

변호사로서는 이미 의뢰인이 서명날인한 문서를 무효화시켜달라는 요구를 할 때가 가장 난감하다. 왜냐하면 법원에서는 이런 요구가 거의 받아들여지지 않기 때문이다. 법원은 기본적으로 '본인이 서명날인한 문서'에 대해서는 대부분 그 문서에 기재된 내용대로 효력이 발생한다고 인정한다. 그만큼 문서에 서명날인한다는 것은 중요한 의미를 갖는다.

하지만 두 형의 과한 욕심 때문에 평생 농사만 지었던 막내가 100억 원의 보상금 중 겨우 5억 원을 가질 수밖에 없다는 것은 나조차도 화가 날 만큼 불공평했다. 좀 더 고민해보겠다고 말하고 의뢰인을 돌려보냈다.

*

아, 그렇게 하면 되겠구나. 며칠을 끙끙대며 관련 법조문들을 찬찬히 살펴보던 중 나는 무릎을 쳤다. 묘안이 떠오른 것이다. 그런데 워낙 '묘한' 대안이라 의뢰인이 어떻게 받아들일지가 걱정이었다. 다시 사무실을 찾은 제형 씨에게 조심스럽게 말문을 열었다.

"제가 계속 고민해봤는데 한 가지 방법이 있긴 합니다. 그런데 어떻게 받아들이실지 좀 걱정입니다."

"무슨 말씀을 하셔도 괜찮습니다. 지금 저와 아버지가 믿을 분은 변호사님밖에 없습니다. 어떤 방법이 있습니까?"

나는 차근차근 설명했다.

"논은 일단 아버님 명의로 되어 있으니 보상금은 원칙적으로 아버님의 것입니다. 그다음에 아버님은 그 보상금을 큰아버님 두 분에게 무상으로, 즉 아무런 대가를 받지 않고 배분하는 것이므로 이는 법상 '증여'가 됩니다. 문제의 각서는 바로 아버님께서 두 형제분에게 '보상금을 증여하겠다'는 내용을 기재한 것입니다. 아버님은 현재 이 증여 자체를 무효화시키고 싶으신 건데, 그러기 위해서는 증여를 해제하는 방법이 있습니다."

우리 민법에는 증여를 해제할 수 있는 경우가 두 가지 규정되어 있다. 그중 하나가 '증여를 받은 자가 증여를 한 자 또는 그 배우자나 직계혈족에게 범죄행위를 한 때'이다. 다시 말해서 증여를 받은 김봉학, 김병학 씨가 증여하기로 한 김영학 씨나 그 아들인 김제형 씨에게 무언가 범죄행위를 한다면 김영학 씨는 증여계약을 해제할 수 있다는 것이다.

제형 씨는 고개를 갸웃하면서 말했다.

"범죄행위라는 것이 어떤 것을 의미하는지…… 잘 이해가 안 됩니다."

나는 머리를 긁적이면서 대답했다.

"아버님이나 제형 씨가 큰아버님들에게 몇 대 맞는 것도 포함이 되긴 합니다만……."

제형 씨는 "네?"라고 말하면서 눈을 크게 떴다. 즉, 보상금을 증여하기로 한 김영학 씨나 그 아들인 제형 씨가 증여를 받기로 한 김봉학, 김병학 씨에게 맞아서 상처를 입게 되면 이는 형법상 상해죄가 성립되어 증여를 해제할 수 있는 범죄행위가 된다는 뜻이었다.

나는 말을 해놓고도 제형 씨가 어떻게 받아들일지 알 수가 없어 조심스러웠다. 제형 씨는 한참을 생각에 잠겼다.

*

그 후 한 달쯤 지나 제형 씨가 다시 나를 찾아왔다. 그러고는 노란 봉투를 내밀었다.

"아버지와 제 상해진단서입니다."

제형 씨가 들려준 이야기의 요지는 이랬다. 추석날 저녁, 온 가족이 모였을 때, 제형 씨는 큰아버지들에게 각서 내용의 부당함을 토로했다. 평상시 같으면 김영학 씨가 아들을 말렸을 테지만 이번에는 억울한 마음에 같이 항변했다.

항상 고분고분하던 막냇동생이 정색하고 대들자 형들은 버릇이 없다며 김영학 씨와 제형 씨를 밀치고 뺨을 때렸다. 김영학 씨는 밀려 넘어지면서 가구에 머리를 부딪혔다. 다음 날 김영학 씨는 전치 3주, 아들 제형 씨는 전치 2주의 진단서를 병원으로부터 발급받았다.

평소 두 형이 얼마나 막냇동생을 무시하고 있었는지 그 일만 봐도 짐작이 갔다. 나는 제형 씨에게서 건네받은 진단서를 첨부하여 김봉학 씨와 김병학 씨에게 다음과 같은 내용을 기재한 통보서를 발송했다.

수신: 김봉학, 김병학

발신: 김영학

발신인 대리인: 조우성 변호사

제목: 증여계약 해제통보의 건

1. 귀하(김봉학, 김병학)들과 김영학 씨 사이에는 20○○년 ○○월 ○○일자로 인천광역시 강화군 ○○소재 논의 수용 보상금에 대한 증여계약이 체결된 사실이 있습니다.
2. 그런데 귀하들은 지난 20○○년 ○월 추석날 밤에 증여자인 김영학 씨와 그의 아들인 김제형 씨를 폭행하여 위 두

사람에게 각 전치 3주, 전치 2주의 치료를 필요로 하는 상해를 입혔습니다. 귀하들은 2인이 공동으로 폭행을 가한 것인 바 이는 폭력행위 등 처벌에 관한 법률 제2조 제2항에 해당하는 범죄입니다.

3. 우리 민법 제556조 제1항 제1호에 따르면 수증자(증여를 받는 자)가 증여자 본인이나 그 직계혈족에게 범죄행위를 했을 때는 증여자는 증여계약을 해제할 수 있습니다.
4. 이에 증여자 김영학 씨는 귀하들과의 증여계약을 정식으로 해제하는 바입니다.

내가 보낸 내용증명에 따르면 각서의 효력은 무효가 되는 것이므로 논에 대한 보상금은 전적으로 명의자인 김영학 씨에게 귀속되고 두 형은 아무런 권한을 갖지 못한다. 두 사람은 과도한 욕심을 부려 보상금을 차지하려다가 한 푼도 받지 못하게 된 것이다.

급기야 두 사람은 김영학 씨를 찾아와 거듭 사과하며 용서를 빌었고 세 형제는 내 앞에서 다시 합의서를 작성했다. 새롭게 작성된 합의서의 주된 내용은 '보상금은 삼형제가 3분의 1씩 가지며, 제세공과금 역시 3분의 1씩 부담한다'는 것이었다. 결과적으로 김영학 씨는 전체 100억 원의 보상금 중 제세공과금을 제외한 25억 원가량을 받을 수 있었다.

*

결국 법은 공평이라는 저울의 중심을 찾아주었다. 변호사는 어떤 일을 하는 사람일까? 분쟁 속에 뛰어들어 한쪽 편에 서서 상대방과 싸우는 일을 하는 사람이다. 하지만 때로는 전체적인 구도에서 가장 바람직한 해결책을 찾아내는 역할을 해야 할 때도 있다. 변호사는 때로는 칼이 되고, 때로는 실이 된다. 얽힌 매듭을 칼로 자르기도 하지만, 찢어진 관계를 실로 다시 꿰매기도 한다.

100억 원이라는 보상금은 형제들의 눈을 잠시나마 멀게 했다. 하지만 묘한 컨설팅 덕분에 세 사람의 일은 공평하게 몫을 나누는 선에서 마무리되었다. 법은 사람 사이에 얽힌 매듭을 풀어주는 실마리가 되기도 한다. 그리고 그들이 진정으로 되찾은 것은 돈이 아닌, 잃어버렸던 형제의 정이었다. 나는 그것이 형제들의 선친의 뜻이기도 했으리라 믿는다.

유언장에 숨겨진
할머니의 진심

☘

어느 날, 유언장에 관해 상담을 하러 세 사람이 찾아왔다. 김복덕 할머니와 아들 박 씨 그리고 며느리 정 씨였다.

"평생 고생만 하셨는데, 6개월 전 위암 선고를 받으셔서 현재 항암 투병 중이십니다."

수더분해 보이는 아들의 얼굴에는 어머니의 병마를 안타까워하는 마음이 역력히 드러났다.

"재산분배에 관해서는 형제간에 전부 합의를 마쳤습니다. 그래도 확실하게 하려면 유언장을 작성해두는 것이 좋다고 해서 이렇게 찾아왔습니다."

며느리가 또박또박 말을 이어갔다. 할머니는 아무런 말없이 그저 눈만 지그시 감고 계셨다.

재산목록을 살펴보니 할머니 명의로 된 재산은 경기도에 있는 천 평짜리 논이 전부였다. 상속대상 자녀로는 장남과 세 딸이 있었다. 현행 민법에 따르면 장남이라고 해서 특별히 더 큰 비율의 상속분을 가져가는 것이 아니라 네 자녀가 4분의 1씩 공평히 나눠 갖는 것이 원칙이다.

한평생 손발이 닳도록 일구어온 천 평의 논을 자식들에

게 나누어주는 데 굳이 변호사 사무실을 찾은 이유가 무엇일까. 나는 며느리의 설명을 듣고 비로소 상황이 이해되었다. 최근 그 지역 일대가 공공사업을 위해 수용될 것이고, 보상금이 나오기로 결정되었다는 것이다. 할머니 명의의 논에 배정될 보상금은 대략 추산해도 20억 원이 넘었다.

내가 할머니께 유언 내용을 여쭈어보자 며느리가 대신 대답했다.

"전체 논 중에서 70퍼센트를 장남이 갖고, 나머지 30퍼센트를 세 딸이 나누어 갖기로 합의를 했습니다."

할머니는 며느리의 말에 별다른 반응 없이 고개만 숙이고 계셨다. 그렇지만 상속인들은 최소 자신이 법적으로 받을 수 있는 기본 상속분의 2분의 1까지는 보장받을 수 있다. 이를 '유류분(遺留分)'이라고 한다. 나는 현재 며느리가 주장하는 대로 유언을 하면 딸들의 유류분이 침해될 수 있다는 점을 설명했다.

"일단 따님 세 분은 법상 원칙적으로 25퍼센트씩의 상속분이 인정됩니다. 그런데 말씀하신 유언대로 하면 따님들은 10퍼센트씩밖에는 가지지 못하는 건데요. 민법상 유류분이라고 해서 따님들 각자의 기본 상속분인 25퍼센트의 절반, 즉 12.5퍼센트까지는 따님들에게도 보장이 되니까 10퍼센트만 주기로 유언을 하시면 나중에 따님들이 유류분 몫으로 각자 2.5퍼센트를 더 청구할 수 있습니다."

"어머니는 저희가 쭉 모셨고 앞으로도 그럴 건데, 이 경우에는 부모를 부양한 자식이 더 많은 상속분을 가져갈 수 있다면서요? 그 부분까지 고려하면 장남이 70퍼센트를 갖는 게 가능하지 않나요?"

우리 법은 부모를 특별히 부양하거나 부모의 재산형성에 기여한 자식들에게 상속분을 좀 더 인정해주는 제도를 두고 있고, 이를 '기여분(寄與分)'이라고 한다. 며느리는 바로 이 점을 지적한 것이다.

"네, 그런 사정이 있다면 유언 내용대로 상속하는 것이 가능합니다. 무엇보다 가장 중요한 것은 유언자의 뜻인데 할머님 뜻이 그러시다면 그렇게 하셔도 됩니다."

나는 변호사 사무실에서 직접 공증(公證)하는 방법으로 유언장을 작성할 것인지 물었고, 그제야 계속 고개를 숙이고 계시던 김 할머니께서 말문을 여셨다.

"변호사님, 유언장은 제가 집에 가서 혼자 조용히 작성하고 싶습니다. 뭘 조심해야 하는지만 알려주세요."

하기야 유언장을 반드시 변호사 사무실에서 공증방식으로 작성할 필요는 없다. 유언자가 자필로 작성하고 서명날인을 하면 ‘자필증서에 의한 유언’으로 효력이 발생한다. 나는 할머니께 유언장을 작성할 때 조심해야 할 점을 자세히 설명해드리고 집에 가서도 참고하실 수 있도록 자료를 출력해드렸다.

*

그로부터 10개월쯤 지나, 한 통의 전화를 받았다.

“변호사님, 기억하시나요? 그때 유언장 때문에 찾아뵈었던 김복덕 씨 며느리 되는 사람입니다. 두 달 전에 어머니는 돌아가셨고요. 그래서 남은 자식들끼리 상속문제에 관해서 이야기를 했습니다. 그런데 글쎄 갑자기 고모들이 자기들 모두에게 25퍼센트씩 달라고 주장하는 겁니다. 장남에게 70퍼센트를 물려준다는 유언장을 보여줬는데도 막무가내입니다. 지난주에 남편을 상대로 소송까지 제기했습니다.”

유언장이 있는데도 그 내용과 다른 주장을 하면서 딸들이 소송을 제기했다는 사실이 쉽게 이해되지 않았다.

나는 상속재산분할청구소송의 피고가 된 장남의 소송대리인으로 사건에 관여하게 되었다. 원고인 딸들의 소송

대리를 담당한 변호사는 나의 대학 선배인 최 변호사였다. 법대 동아리 선배인 최 변호사는 가족법 쪽으로 조예가 깊은 분이었다. 최 선배가 왜 이런 어려운 소송을 맡았는지 내심 궁금했다.

나는 상대방의 소장(訴狀)에 대한 답변서를 제출했다. 답변서의 주요 내용은 '피상속인인 김복덕 씨는 이미 유언장을 작성했는데 그에 따르면 딸들의 몫은 전체 상속재산의 10퍼센트씩, 합계 30퍼센트에 불과하다. 그런데도 세 명의 딸이 각자 25퍼센트씩 합계 75퍼센트의 상속분을 달라고 주장하는 것은 유언의 내용과 맞지 않아 부당하다'는 취지로 구성했다.

몇 주 뒤 제1차 변론이 서울중앙지방법원에서 열렸다. 재판을 시작하기 전 법정 밖에서 최 변호사를 만났다.

"선배님, 이 사건은 왜 맡으셨나요? 패소가 뻔한 사건인데."

내 말을 들은 최 변호사는 빙긋이 웃으며 물었다.

"그래? 그건 뭐 법정에서 가려질 테고. 유언장 작성에 대해 할머님에게 조 변호사가 조언해드렸다면서?"

"네, 제가 자세하게 설명해드렸죠."

그러자 선배는 의미심장한 미소를 지으며 말했다.

"그래, 맞아. 아주 자세하게 설명을 했던 것 같아."

나는 선배의 표정을 보며 알 수 없는 불안감이 밀려들었다.

재판이 시작되자 판사는 최 변호사에게 "유언장이 있는데 원고들이 유언장과 배치되는 소송을 제기한 이유가 무엇입니까?"라고 질문했다.

그러자 그는 유언장 사본을 판사에게 제시하며 단호하게 말했다.

"피고 측이 증거로 제시하고 있는 유언장을 자세히 살펴봐주시길 바랍니다. 그 유언장에는 유언자의 주소와 날인이 누락되어 있습니다. 따라서 이 유언장은 무효입니다."

뭐라고? 주소와 날인이 없다고? 나는 우리가 증거로 제출한 유언장 사본을 급히 펼쳤다. 정말로 유언자의 주소와 날인이 빠져 있는 것이 아닌가. 그동안 유언의 내용만 집중해서 본 탓에 미처 발견하지 못한 것이다.

유언장에는 '전체 상속재산 중 70퍼센트는 장남에게, 나머지 30퍼센트는 세 명의 딸에게 10퍼센트씩 나눠준다'는 내용과 '2010. 3. 4. 김복덕'이라는 자필 서명이 기재되어 있었다. 하지만 이 서명은 아무런 효력을 갖지 못한다. 자필증서에 의한 유언일 경우 유언 내용과 본인 서명뿐만 아니라 주소와 날인이 반드시 필요하기 때문이다. 주소와 날인이 빠져 있는 유언장은 유효한 유언장이 아니며, 이 경우에는 유언이 없는 것으로 보아 민법에 따라 장남과 세 딸은 25퍼센트씩 공평하게 상속받게 된다.

나는 판사에게 "다음 기일까지 피고의 입장을 밝히겠다."고 설명하고는 황망히 법정을 빠져나왔다. 그리고 바로 장남과 며느리에게 상황을 확인했다.

내용인즉 이랬다. 나에게 상담을 받고서 일주일쯤 뒤에 할머니는 장남과 며느리 앞에서 유언장을 쓰셨고, 며느리는 유언장을 은행 금고에 보관했다. 물론 장남과 며느리는 할머니의 유언장 내용, 즉 전체 상속재산의 70퍼센트를 장남에게 준다는 부분을 꼼꼼히 검토하고 확인했다. 그런데 유언장에 할머니의 주소와 날인이 빠진 것은 미처 알아차리지 못한 것이다.

더구나 내가 유언장을 쓸 때 사람들 대부분이 잘 빠뜨리는 부분이 주소와 날인이라는 사실을 할머니께 강조했고, 별도로 '유언장 작성 시 유의할 점'이라는 안내문까지 드렸는데도 할머니는 마지막에 그 부분을 실수하신 것이다.

"변호사님, 이건 너무 부당합니다. 분명 그때 어머니께서 변호사님 앞에서 재산의 70퍼센트는 남편에게 준다고 하셨잖아요? 그럼 변호사님이 증인이 되어 어머니의 뜻이 그랬다고 말해주시면 안 되나요? 유언이라는 게 돌아가신 분의 진짜 뜻이 중요한 거지 유언장 형식 때문에 '진짜 뜻'이 인정되지 않으면 문제가 있는 거 아닌가요?"

며느리의 말에도 일리가 있었다. 그러나 우리 민법은 유언의 형식상 요건을 매우 엄격하게 다루기 때문에 주소와 도장, 이 두 가지가 빠진 유언장은 법원에서 인정될 가능성이 거의 없다. 그럼에도 나는 지푸라기라도 잡는 심정으로, 유언장에 다소 형식상 흠결은 있지만 할머니의 진정한 뜻은 상속재산의 70퍼센트를 장남에게 물려주려는 것이었다는 점을 강조해 1심 재판을 진행했다.

5개월 후 1심 재판에 대한 선고가 내려졌다. 결과는 예상대로 우리 측의 패소였다. 며느리는 항소하자고 했지만, 나는 2심에서 결과가 바뀔 가능성이 거의 없다는 점을 설명했고 사건은 1심에서 종결되었다. 하지만 그렇게 자세히 설명해드렸는데도 할머니의 사소한 실수로 남매들 간에 소송분쟁이 일어났다는 점이 내 마음을 영 무겁게 했다.

*

그로부터 몇 달 뒤, 변호사 연수 모임에서 최 변호사를 만났다.

"최 선배, 축하합니다. 다만 전 속이 쓰립니다. 아시죠? 오늘 술 한잔 사세요. 할머님께서 그런 실수만 안 하셨어도……."

그러자 최 변호사가 내 어깨를 툭 쳤다.

"그래, 내가 한잔 살게. 당연히 사야지. 신세를 졌는데."

신세를 지다니, 이건 또 무슨 말인가? 나는 어리둥절했다.

"아직도 그 할머님께서 실수하신 거라고 생각해?"

멀뚱한 표정을 짓고 있는 내게 선배가 전후 사정을 설명했다. 할머니가 병원에서 암 투병을 하고 있을 때 병문안을 왔던 큰딸에게 할머니는 내가 작성해줬던 '유언장 작성 시 유의할 점'이라는 안내장을 몰래 쥐어주면서 나중에 당신이 세상을 떠나거든 꼭 변호사를 찾아가서 이 종이를 보여주고 유언장에 문제가 있다는 것을 이야기하라고 당부하셨다는 것이다.

"며느리가 너무 욕심을 냈고, 마음 약한 아들은 아내가 하자는 대로 그냥 따른 거였지. 그런데 할머님은 조 변호사 설명을 들으시고는 일부러 나중에 문제가 될 수 있는 유언장을 만들 생각을 하셨던 것 같아."

세상에, 어르신이 어떻게 그런 생각까지 하셨을까? 머리털이 쭈뼛 서는 것 같았다.

"조 변호사, 너무 억울해하지 마. 재판 때 할머님의 진심이 중요하다고 그랬지? 자식들에게 공평하게 재산을 나눠주고 싶었던 게 그분의 진심이었어. 조 변호사가 아주 잘 알려드린 덕에 할머님의 뜻대로 재산분배가 이뤄진 거지. 조 변호사가 좋은 일을 한 거야. 허허."

*

아들과 며느리 손에 이끌려 변호사 사무실을 찾아올 때만 해도 할머니의 마음은 무척 답답했을 것이다. 말년에 갑자기 얻게 된 보상금을 사남매에게 공평하게 물려주고 싶은데 자신을 봉양했던 며느리가 권리를 강하게 주장하자 이를 반박하기는 어려웠을 테고, 그러던 중 "이렇게 적으시면 유언장이 무효가 됩니다." 하는 내 설명을 듣고는 본인의 뜻을 전달할 방법을 찾았던 것이다.

아직도 할머니의 왜소한 몸집과 단출한 차림이 기억난다. 게다가 암 선고까지 받아 본인 한 몸 추스르기도 힘들어하시던 분이 어렵고도 생소한 변호사의 설명에 귀 기울이고 기지를 발휘해서 자식들에게 공평하게 재산을 배분하셨다. 며느리와의 갈등을 피하고 법의 틀 안에서 조용히 뜻을 이루신 할머니의 모습은 지혜로운 사람은 짐짓 어리석어 보인다는 대지약우(大智若愚)와 맞닿아 있었다.

법은 차갑고 엄격하지만, 할머니의 지혜는 그 안에서 따뜻한 온기를 불어넣었다. 겉으로는 어리석어 보일 수 있는 행동이었지만, 그 안에는 자식들을 향한 깊은 사랑과 믿음이 담겨 있었다. 할머니의 유산은 단순한 재산이 아닌, 세상이 바뀌어도 변치 않는 보편적 진리였다. 어떤 재산도 한 가족의 우애보다 귀할 수 없다는 것, 그것이 할머니께서 법의 형식을 빌려 전하고자 하신 가르침이었다. 자식들은 재산을 공평히 나누어 가졌지만, 그보다 더 값진 교훈을 얻었을 것이다.

법을 도구로 삼아 살아가는 나는 그날 때로는 누락된 것이 진실을 말한다는 법전 너머의 삶의 진리를 배웠다. 할머니의 가르침은 법이 추구해야 할 보편적 가치가 인간적 도리에 있음을 일깨워주었다.

오늘 하루를
함부로 살 수 없는 이유

☘

송세희 씨는 스무 살 때 김동인 씨를 만나 결혼했다. 남편 동인 씨의 아버지 김세춘 씨는 작은 고물상부터 시작해 탄탄한 철강판 제조회사를 일구어낸 사업가로 세희 씨가 살던 지역에서는 손꼽히는 자산가였다. 자수성가한 아버지와 달리 생활력이라고는 거의 찾아볼 수 없던 동인 씨. 그런 아들의 유약함을 알기에 시아버지는 항상 넉넉한 생활비를 대줬고 덕분에 세희 씨 가족은 남부럽지 않은 생활을 할 수 있었다.

하지만 불행은 예고 없이 찾아왔다. 2014년, 김세춘 씨의 회사는 주요 거래처의 부도로 갑작스러운 경영위기를 맞았다. 엎친 데 덮친 격으로 상황을 해결하기 위해 동분서주하던 김세춘 씨가 뇌출혈로 쓰러졌고 결국 한 달 후 세상을 떠나고 말았다.

김세춘 씨의 외동아들인 동인 씨는 아버지 사업을 물려받을 준비가 되어 있지 않았다. 그보다 더 큰 문제는 돌아가신 김세춘 씨가 남긴 10억 원 상당의 빚이었다. 당시 지인을 통해 빚이 자식에게 상속된다는 말을 들은 세희 씨는 남편 동인 씨에게 급히 대책을 마련해야 한다고 알렸다. 동인 씨는 빚이 아들인 자신에게 넘어오지 않도록 법원에 상속포기를 신청했다.

부잣집 아들로 어려움을 모르고 자랐던 동인 씨는 막상 본인이 생계를 책임져야 할 상황이 되자 삶의 무게를 버거워했다. 그는 매일 술을 마셨고 젊을 때부터 즐기던 노름을 끊지 못하다가 결국 2년 후 간암으로 세상을 떠났다.

유복한 부잣집 맏며느리였던 세희 씨는 독한 마음을 먹고 자신의 힘만으로 아들을 키워야 했다. 그녀는 식당보조 일부터 시작했다. 예전에는 상상도 못할 일이었지만 아들을 위해서라면 못할 것이 없었다. 다행히 아들 래혁 씨는 어려운 환경 가운데서도 열심히 공부해 H대 회계학과를 우수한 성적으로 졸업했다. 그리고 유수 대기업인 S물산 자금부서에 입사했다.

세희 씨는 아들이 S물산에 입사했다는 소식을 듣고는 그동안 참아온 울음을 터뜨렸다. 힘겨웠던 지난 세월을 한 번에 보상받는 기분이었다.

*

그런데 래혁 씨의 첫 월급날, 생각지도 못한 일이 일어났다. K상호저축은행에서 약 3억 원의 채권이 있다며 월급에 가압류 조치를 했다는 것이다. 래혁 씨는 K상호저축은행으로부터 돈을 빌린 적이 없었기에 무언가 착오가 생긴 것이라 생각하고는 대수롭지 않게 여겼다.

하지만 래혁 씨의 상사는 이 문제를 당장 해결할 것을 명령했다. 아무래도 금융기관에 3억 원 빚을 지고 있는 신입사원에게 회사 자금 일을 맡길 수는 없었기 때문이다. 최악의 경우 회사를 그만두어야 할 수도 있었다. 마음이 다급해진 세희 씨가 직접 K상호저축은행을 찾아갔고 비로소 사건의 전말을 알게 되었다.

래혁 씨의 할아버지인 김세춘 씨는 10년 전 K상호저축은행에서 1억 5천만 원을 빌렸다. 그는 이 빚을 갚지 못한 채 사망했고, 아들 동인 씨는 자신에게 아버지의 빚이 상속되는 것을 막기 위해 상속포기신청을 했었다.

그런데 여기에 함정이 숨어 있었다. 민법에 따르면 상속을 포기할 경우 그 상속분은 다음 순위 상속인에게로 넘어간다. 동인 씨가 상속포기를 함으로써 채무는 아들을 넘어 손자에게 상속된 것이다. 그리고 은행은 꼬박꼬박 이자를 불리고 있다가 래혁 씨가 월급을 받게 되자 기다렸다는 듯이 빚을 갚으라는 청구를 한 것이었다.

청천벽력 같은 소식을 들은 세희 씨는 K상호저축은행 담당자에게 찾아가 울면서 사정을 설명했다. 이제 갓 사회에 진출한 아들에게 3억 원의 빚이 얹어진다는 사실이 너무 끔찍하거니와 어렵게 얻은 직장을 잃을 수도 있다고 호소했다. 하지만 K상호저축은행 담당자는 단호했다.

"개인적인 사정을 일일이 봐드릴 수 없습니다. 저희는 법대로 처리할 수밖에 없습니다."

*

세희 씨는 고민 끝에 나를 찾아왔다.

"변호사님, 어쩌면 좋습니까? 이제 어떻게 해야 하나요? 창창한 우리 래혁이 앞길에 이게 무슨 일인가요?"

세희 씨는 연신 손수건으로 눈물을 훔쳤다. 이론적으로는 K상호저축은행이 주장하는 바의 근거가 명확했기 때문에 딱히 반박할 여지가 없었다. 나는 세희 씨에게서 K상호저축은행 담당자의 연락처를 넘겨받아 전화를 했다.

"무료법률상담을 하고 있는 변호사인데 사정을 들어보니 너무 딱합니다. 이 사건은 전후 사정을 종합해서 귀사에서 대손처리해줄 수는 없겠습니까?"

하지만 돌아오는 것은 역시 싸늘한 답변이었다.

"원칙적으로 법에 따라 처리할 수밖에 없습니다."

희망을 안고 나를 찾아온 의뢰인의 문제를 해결할 방법이 없을 때에는 변호사로서 절망감을 느낀다. 지푸라기라도 잡는 심정으로 민법의 상속편 조문 중에서 상속포기를 규정한 부분을 몇 번이고 다시 읽어보았다.

아, 궁즉통(窮則通)이라 했던가. 그렇게 법전과 씨름을 하던 끝에 문득 사건을 해결할 실마리가 보였다.

민법 제1019조에 따르면 상속인은 '상속개시가 있음을 안 날'로부터 3개월 이내에 상속포기를 할 수 있다. 그렇다면 과연 래혁 씨는 언제 상속개시가 있음을 알았다고 볼 것인가? 엄격하게 따지면 아버지인 동인 씨가 상속을 포기하는 순간 할아버지의 빚이 래혁 씨에게 넘어온 것으로 보아야 한다. 하지만 과연 래혁 씨가 그 순간에 자신이 상속인이 된다는 것을 알았다고 볼 수 있을까? 아마 법원에서도 그렇게 판단하기는 어려울 것이다. 법률전문가가 아닌 다음에야 상속인을 대신하여 그의 직계 비속이 재산을 상속한다는 '대습상속(代襲相續)'을 바로 이해하기는 어렵지 않겠는가?

결국 래혁 씨는 최근 자신의 월급이 가압류가 된 시점에서야 비로소 자신이 할아버지의 채무를 상속했다는 것을 알게 되었다고 보는 것이 합리적인 해석이다. 그렇다면 월급이 가압류된 날로부터 3개월 이내에 법원에 상속포기신청을 하면 빚을 떠안지 않아도 된다.

'역시 법조문을 꼼꼼히 읽어봐야 해!'

절로 무릎을 쳤다. 빛의 그늘에서 빛을 찾은 것이다. 서류를 집어 들어 세희 씨에게 이 사실을 설명했다.

"아드님 월급이 가압류되었다는 통지를 받은 날짜가 언제죠?"

"2019년 3월 20일이라고 합니다."

오늘이 6월 18일, 그러니까 바로 내일이 3개월째 되는 마지막 날이었다. 세희 씨는 어떻게든 K상호저축은행과 타협을 보려다가 석 달의 시간을 허공에 날려버린 것이다. 나는 바로 직원을 통해 상속포기신청서 문안을 작성하게 하고 래혁 씨와 통화해 필요한 서류들을 준비하게 했다. 그리고 다음 날 아침 일찍 법원에 상속포기신청서를 제출했다.

법원은 래혁 씨의 신청사유를 적법한 것으로 인정하고 받아들였다. 세희 씨가 만약 이틀만 늦게 나를 찾아왔더라도 래혁 씨는 3억 원이라는 큰 빚을 안고 살아야만 했으리라. 지금 생각해도 손에 땀이 나는 아찔한 일이다. 시간이란 칼날 위를 아슬아슬하게 건너온 셈이었다.

*

우리는 영화나 드라마를 통해 상속으로 많은 재산을 물려받게 된 주인공들을 보면서 그들을 부러워하곤 한다. 하지만 현실에서는 자식들이 부모의 '재산'이 아니라 '빚'을 물려받는 경우가 훨씬 많다. 그중에는 부모의 빚을 물려받지 않기 위한 상속포기라는 제도가 있는지조차 모르는 사람들이 있고, 알고 있다 하더라도 3개월의 상속포기 신고 기한을 놓치는 바람에 부모의 빚을 고스란히 물려받는 사람들도 있다. 이렇듯 법에서 규정한 절차는 아무리 사소한 것이라도 한 사람의 운명을 바꿔놓을 수 있기에 결코 소홀히 지나칠 수 없다.

내가 상담하고 소송을 벌이는 사건들 중에는 래혁 씨의 경우처럼 잊고 있던 오래전의 원인이 무섭고도 가혹한 오늘의 결과로 찾아온 경우가 있다. 거기다 자신이 저지른 행동들이 스스로에게만 영향을 미치는 데서 그치지 않고 주변의 소중한 사람들에게까지 영향을 미치는 것이 어디 재산상속뿐이겠는가.

불가에서는 오늘 내가 쌓거나 짓는 작은 업(業)들이 모여서 자신의 미래뿐만 아니라 자신과 관계된 사람들의 미래에도 영향을 미친다고 말한다. 어쩌면 우리네 인생살이는 과거와 현재, 미래가 촘촘히 엮이고 얽혀 있는 그물망 같은 것인지도 모르겠다. 한 그물코가 흔들리면 그물 전체가 움직이듯, 오늘의 한 걸음이 내일의 길이 되고, 지금의 선택이 미래의 운명이 된다. 그러니 어찌 오늘 하루를 함부로 살 수 있겠는가.

섣부른
호의의 대가

☘

지인의 소개로 사무실을 찾은 예순 초반의 김순례 씨. 나를 찾아오기 일주일 전 저녁 8시 반경, 그녀의 아들 최호민 씨가 서른한 살의 나이에 자신이 근무하던 K사에서 사망한 채로 발견됐다. 사건이 발생한 곳은 회사 건물 3층 계단이었고, 경찰은 그가 계단을 헛디뎌 넘어지면서 뇌진탕으로 사망한 것으로 추정했다.

K사는 반월공단 내에서 자동차 부품을 제조하는, 직원 100여 명 규모의 중소기업이고 호민 씨는 그곳에서 연구원으로 근무하고 있었다. K사는 호민 씨가 근무 중에 사망했으므로 근로복지공단에 산업재해보상금을 지급해줄 것을 신청했고, 한 달 이내로 호민 씨의 가족에게 상당한 액수의 보상금이 지급될 예정이었다.

김순례 씨의 설명을 듣고 있자니 변호사로서 내가 무엇을 도울 수 있을지 궁금해졌다. 호민 씨 일은 안타깝지만 사후에 진행된 과정에서 특별히 법적으로 문제될 것은 없어 보였기 때문이다. 그런데 상황 설명을 마친 김순례 씨는 이렇게 말했다.

"호민이가, 착한 우리 호민이가 자꾸 꿈에 나타나요. 억울하게 죽었다면서 막 울어요. 변호사님, 호민이가 어떻게 죽었는지 정확하게 알고 싶은데 방법이 없을까요?"

자신은 아들이 계단에서 실수로 발을 헛디뎌 뇌진탕으로 사망했다는 회사나 경찰의 설명을 도저히 믿기 어렵다는 것이다. 사랑하는 아들을 잃은 어머니로서는 충분히 그런 의심을 할 만했다.

사인을 다시 밝히기 위해서는 피해자 유족이 경찰에 진정서 등을 제출해서 사인규명을 위한 절차를 밟아줄 것을 요청해야 한다. 진정서에 합당한 이유가 있다고 판단되면 검찰과 경찰은 국립과학수사연구원을 통해 법의학적인 사인규명 작업에 들어가고, 만약 그 과정에서 사고나 자살이 아닌 타살의 의혹이 발견되면 본격적인 재수사가 진행될 것이다.

관련 절차를 자세히 설명하자 김순례 씨와 같이 온 호민 씨의 누나 최호순 씨는 두 가지를 걱정했다. 하나는 사체를 부검한다는 것이 동생에게 못할 짓을 하는 것 같아서 괴롭다는 것이고, 다른 하나는 만에 하나 동생이 사망에 이른 경위가 현재 밝혀진 것처럼 근무 중에 발을 헛디뎌 사망한 것이 아니라 다른 이유 때문이라면 산업재해보상금을 받지 못하게 된다는 것이었다.

죽은 호민 씨에게는 부인과 두 살 난 딸이 있고 호민 씨가 유일하게 돈을 벌고 있던 상황이었기 때문에 유족을 위해서는 산업재해보상금이 꼭 필요했다.

하지만 김순례 씨는 뜻이 달랐다. 자신도 이 문제 때문에 사건을 그대로 덮어둘까 생각했지만, 매일 꿈에 나타나서 억울함을 풀어달라 호소하는 아들의 절규를 도저히 무시할 수 없다고 했다. 나는 가족들이 의견을 하나로 모아 알려주면 그에 따르겠다고 말했다.

다음 날 오전, 최호순 씨와 가족들은 호민 씨의 사인을 밝히는 절차를 한 번 더 밟아달라고 정식으로 요청했다. 나는 사인을 규명해달라는 진정서를 작성해 관할 경찰서에 제출했다. 관할 경찰서 담당 수사관은 이미 끝난 일을 왜 굳이 파헤치느냐면서 짜증 섞인 반응을 보였다.

이틀 후 국립과학수사연구원에서 사체 부검이 진행됐고 그 과정에 참가할 권리가 있는 김순례 씨와 최호순 씨가 함께했다. 유족 입장에서는 사체 부검 과정에 참가하는 것 자체가 견디기 어려운 고통이었을 것이다.

하지만 사체 부검 결과 놀라운 사실이 밝혀졌다. 호민 씨의 직접적 사인인 뇌진탕은 계단에서 미끄러진 충격으로 인한 것이 아니라 둔기의 충격에 의한 것이었다. 누군가에 의해 살해되었다는 확실한 증거였다.

관할 경찰서는 즉시 전담팀을 구성해 호민 씨 사망 직전 2주간의 전화 통화 내역을 조사하는 한편 직장 동료들에 대한 탐문수사도 시작했다. 수사가 시작된 지 일주일 만에 직장 동료인 박 모 씨가 호민 씨 사망 전에 자주 호민 씨와 언쟁을 했다는 사실과 사고 당일 점심시간에 두 사람이 함께 식사를 한 사실 등이 밝혀졌다. 수사관들은 박 씨를 긴급체포하여 장시간 강도 높은 수사를 진행했고 결국 박 씨의 자백을 받아냈다.

*

사고 경위는 이랬다. 피의자 박 씨는 사채업자로부터 급전을 끌어 썼다가 빚 독촉에 시달리게 되었다. 주위 직장 동료들에게 돈을 빌려달라고 부탁해봤지만 선뜻 도움을 주는 사람이 없었다.

박 씨는 사람 좋기로 소문난 호민 씨에게 여러 차례 부탁을 했다. 이를 차마 거절하지 못한 호민 씨는 두 달 뒤에 반드시 갚겠다는 약속을 받고 전세금으로 준비해둔 3천만 원을 박 씨에게 빌려주었다.

화장실 들어갈 때 마음과 나올 때 마음이 다르다 했던가. 급한 불을 끈 박 씨는 느긋한 마음이 되어 호민 씨와의 약속을 지키지 않았다. 전세 재계약을 위해 3천만 원이 반드시 필요했던 호민 씨는 계속 돈을 갚으라고 독촉했지만 박 씨는 이런저런 핑계를 만들어 그를 피했다.

사건 당일, 호민 씨는 저녁식사를 마치고 회사 3층 계단으로 박 씨를 불러냈다. 평소의 온화한 성격과 달리 호민 씨의 표정은 단단히 굳어 있었다. 실랑이 끝에 두 사람은 격한 언쟁을 벌이게 되었고 그러던 중 호민 씨가 "이 사기꾼아!"라고 감정이 북받쳐 소리를 지르자 박 씨는 순간적으로 이성을 잃고 들고 있던 작업공구로 호민 씨의 뒷머리를 내리쳤다. 호민 씨는 그 자리에서 즉사했다. 한순간의 분노가 한 생명을 앗아가는 데는 고작 몇 초면 충분했다. 당황한 박 씨는 호민 씨가 계단을 헛디뎌서 실족사한 것처럼 모양새를 만든 후 황급히 그 자리를 빠져나왔다.

사건의 전말이 모두 밝혀진 후 박 씨는 살인죄로 구속기소되었다. 호민 씨의 산업재해 처리는 결국 기각되었다. 업무 중 사망한 것이 아니라 동료와의 다툼 때문에 사망한 것이므로 산업재해로 보기 어렵다는 것이었다.

호민 씨 유족의 입장에서는 약 1억 원의 산업재해보상금을 손해본 결과가 되었다. 물론 박 씨를 상대로 손해배상소송을 제기하기로 했지만 박 씨가 가진 재산이 거의 없다는 점을 고려하면 배상금을 받기가 쉽지 않아 보였다.

"돈만 생각한다면 아까운 일이긴 하지만 그래도 우리 호민이의 억울함을 풀 수 있어 다행입니다. 이제 호민이도 편히 눈을 감을 수 있을 겁니다. 감사합니다, 변호사님."

김순례 씨의 인사를 받으면서도 과연 내가 사건을 잘 해결한 것인지 확신이 들지 않았다. 호민 씨의 남겨진 가족들이 앞으로 살아갈 날들을 생각하니 마음이 무거워졌다.

*

과유불급(過猶不及), 정도를 지나친 것은 오히려 부족한 것보다 못하다고 했다. 호의(好意)는 자신이 감당할 수 있는 범위 내에서만 베풀어야 한다. 이번 사건을 겪으며 절실히 깨달은 바다. 강물이 둑을 넘어서면 범람하듯, 선의 역시 그 한계를 벗어나면 재앙이 된다. 자신의 처지에 맞는 호의를 베푸는 것이 중요하다.

호민 씨는 당장 몇 달 후에 전세금으로 사용해야 할 중요한 자금을 빌려주었다. 이는 자신이 감당할 수 있는 범위를 넘어선 호의를 베푼 것이다.

어느 시점이 지나면서부터 호민 씨는 상대방에게 돈을 돌려줄 것을 요구할 수밖에 없었다. 물론 상대방은 당연히 미안한 마음이 들어야 하겠지만 그렇지 않았다. 세상은 은혜를 원수로 갚기도 한다. 사람이란 자신이 공격당하면 어떻게든 방어적인 자세를 취하게 마련이다. 마치 고슴도치가 가시를 세우는 것처럼 말이다. 이렇게 관계가 틀어지면서 이미 건넸던 호의는 사라지고 채권, 채무관계만 남게 된다. 차라리 처음부터 둘의 관계가 채권, 채무로 얽힌 사이였다면 호민 씨도 그에 걸맞은 안전장치인 담보를 요구했을 것이다.

그렇게 호의는 빚이 되고, 선의는 독이 된다. 호민 씨가 박 씨에게 주었던 호의, 타인을 위하고자 했던 좋은 마음이 자신을 죽음으로 내몬 이 아이러니를 어떻게 설명할 수 있을까? 섣부른 호의는 큰 재앙이 되어 돌아올 수도 있다는 준엄한 경고를, 우리는 이 사건을 통해 다시 한 번 마주하게 된다.

당장 내 집에서
나가세요

☘

송무 담당인 박 과장이 머리를 긁적이며 들어왔다.

"변호사님, 이거 만만치 않은 사건인데요. 그런데 돌려 보내기가 좀 그렇습니다. 사정이 너무 딱한데 상담이라도 해주시면 안 될까요?"

박 과장은 사람 좋기로 유명하다. 대개 법률회사 송무과장이라면 돈을 많이 벌 수 있는 사건 위주로 수임하면서 비용에 대해서도 철저한 편인데 박 과장은 마음이 비단결이라 힘든 처지에 있는 의뢰인은 그냥 넘기지 못한다.

이렇게 해서 맡게 된 이 사건은 내용이 특이했다. 누나가 자신의 건물에 세 들어 사는 아버지와 남동생에게 '건물에서 나가라'는 명도소송을 제기한 것이다. 사건의 내용을 정리하면 이렇다.

부동산 소유주는 누나이며 현재 부산에 거주하고 있다. 누나는 서울에 있는 자기 건물 2층에서 아버지와 남동생이 살 수 있도록 배려해주었고 별도의 보증금이나 월세도 받지 않았다. 아버지와 남동생은 10년째 그 건물에서 아무런 비용을 내지 않고 거주하고 있었다. 그러던 중 누나가 최근 아버지와 남동생에게 시세에 합당한 보증금과 월세를 내라는 내용의 새로운 임대차계약 체결을 요구했고 아버지와 남동생은 이를 거부했다. 그러자 누나는 두 사람을 상대로 기존의 무상 임대차계약을 해지한다는 통보를 하고 건물명도를 요구한 것이다.

소장 내용만을 놓고 보면 아버지와 동생 측에서 반박할 내용이 거의 없었다. 민법에 따르면 특별히 기간을 정해 놓지 않은 임대차 관계에서 집주인이 계약 해지를 통보할 경우 6개월이 경과하면 해지의 효력이 발생한다. 즉, 아버지와 동생은 누나가 임대차계약 해지를 통보한 날로부터 6개월이 경과하면 건물에서 나가야만 한다.

이미 소송은 변론기일이 두 차례나 진행된 상황이었으며 아마도 두세 차례 더 변론기일을 진행한 뒤 재판이 종결될 것 같았다. 지금까지 아버지와 동생 측은 변호사 없이 본인들이 직접 사건을 진행해왔는데 아무래도 분위기가 심상치 않자 변호사 선임을 준비하고 있는 듯했다.

나는 남동생인 형욱 씨에게 자초지종을 들어보기로 했다. 아버지와 남동생은 당장 지금 사는 곳에서 나가면 마땅히 잠잘 곳도 없는 상황인데 누나가 이렇게 갑자기 매몰차게 가족을 상대로 소송을 제기하는 데는 뭔가 사연이 있을 것 같았기 때문이다. 물론 형욱 씨는 형욱 씨대로 누나에게 화가 많이 나 있었다.

"누나는 돈밖에 모르는 사람입니다. 아니, 세상에 어떻게 자기 아버지를 엄동설한에 바깥으로 내몰 수 있습니까? 이게 말이 됩니까?"

나는 형욱 씨를 진정시키고 그들 가족사를 하나씩 묻기 시작했다. 장장 세 시간에 걸친 대화를 통해 확인한 내용을 정리하면 이렇다.

*

누나와 형욱 씨는 열 살 터울이었다. 아버지는 외항선을 타는 뱃사람이어서 집에 있는 시간이 많지 않았다. 아버지는 우연한 사고로 한쪽 다리를 크게 다쳐 더는 배를 타지 못하게 되었고, 그 후로 노름과 술에 빠져 어머니에게 심한 폭력까지 휘둘렀다.

결국 남편의 폭력을 참다못한 어머니는 누나가 열다섯 살이 되던 해에 가출을 했고 이후 누나는 아버지와 형욱 씨를 위해 집안 살림을 도맡아 해야 했다. 이러한 상황이다 보니 누나는 고등학교도 중퇴할 수밖에 없었고 대신 동생인 형욱 씨가 학교를 잘 다닐 수 있도록 뒷바라지를 했다. 형욱 씨는 누나 덕에 대학까지 졸업할 수 있었다.

누나는 악착같이 직장생활을 해서 돈을 모았고, 세 식구가 어느 정도 기본적인 생활을 누릴 수 있는 형편까지 살림을 일구었다. 이후 누나는 부동산 경매에 뛰어들었다. 작은 평수의 부동산을 낙찰받은 것으로 시작해 점점 발전하더니 의정부에 두 채의 건물을 소유하게 되었다. 누나는 사업을 해보겠다는 형욱 씨를 위해 5억 원에 달하는 돈을 조달해주기도 했다. 하지만 사업에 소질이 없던 형욱 씨는 투자금을 모두 날려버렸다.

그러던 중 누나에게 사랑하는 사람이 생겼다. 평생을 아버지와 남동생을 위해 헌신했던 누나는 비로소 자신을 보듬어주는 사람이 생기자 행복해했다. 누나는 결혼 이야기를 꺼냈고, 그때부터 가족 간에 갈등이 생겼다. 누나의 결혼을 아버지와 남동생이 반대하고 나선 것이다. 남자의 학력이 고졸이라는 이유 때문이었다.

누나는 자신도 고등학교를 졸업하지 못했는데 남자 학력이 뭐 그리 대수냐고 말했지만 아버지와 남동생은 그래도 고졸인 남자와 결혼은 안 된다며 두 사람의 결혼을 완강히 반대했다. 누나는 그 남자를 직접 만나보면 가족들의 생각이 달라지리라 생각했지만 오히려 아버지와 형욱 씨는 얼굴을 마주한 자리에서 그 남자에게 면박까지 주고 말았다.

나는 형욱 씨가 설명하는 상황이 잘 이해되지 않았다.

"아니, 평생을 아버지와 남동생을 위해 헌신한 누님이 사랑하는 사람을 굳이 두 분이 반대할 이유가 있나요?"

"그 사람은 누나를 사랑해서가 아니라 누나의 돈을 보고 결혼하려는 겁니다. 능력도 없는 사람이었어요. 아버지와 저는 누나를 위해서 그 사람과의 결혼을 반대했습니다. 만약 누나가 사고라도 당하게 되면 재산 대부분은 그 사람에게 넘어가잖아요?"

그 말을 듣고 보니 아버지와 형욱 씨는 누나 재산을 그 남자에게 빼앗길지도 모른다는 불안감을 느끼고 있는 듯했다. 어쨌든 누나는 그 이후 가족들과 일절 연락을 끊었고 사업차 부산에 내려가면서 아버지와 남동생을 건물에서 내보내기 위한 소송을 제기한 것이다.

*

나는 누나의 마음을 어느 정도 이해할 수 있을 것 같았다. 평생 아버지와 동생 뒷바라지를 하며 살았는데, 자신이 사랑하는 사람과의 결혼을 축복해주지는 못할망정 반대하고 나섰으니 야속함과 섭섭함에 분노까지 더해져 마음이 돌아서버린 듯했다.

나는 그동안 소송진행 과정에서 오갔던 문서들을 살펴보았다. 누나 측은 변호사가 선임되어 있었고 쟁점이 잘 정리되어 있었다. 반면 아버지와 동생 측에서 제출한 문서는 '어릴 때부터 누나는 자기중심적이었다', '커서도 돈을 번답시고 아버지와 동생에게 항상 고압적이고 권위적인 자세를 취했다', '지금 소송을 제기하는 것만 봐도 얼마나 이기적으로 돈만 밝히는 사람인지 알 수 있지 않은가. 이 소송은 천륜을 배반한 것이다' 등 처음부터 끝까지 누나에 대한 비난으로 가득 차 있었다. 이런 식으로 소송이 진행되어서는 형욱 씨가 승소하기는 어려웠다.

"꼭 승소하게 해주세요. 만약 이 사건에서 우리가 지고 나면 누나는 분명 강제집행을 해서라도 우리를 이 집에서 내쫓을 겁니다. 누나는 지금 완전히 돌아버렸어요. 제정신이 아니에요."

나는 남은 재판을 어떻게 진행해야 할지 고민에 빠졌다.

"형욱 씨, 제가 하자는 대로 할 수 있겠습니까? 그래야만 제가 이 사건을 맡을 수 있습니다."

나는 형욱 씨에게 다짐을 받고서 다음 재판을 위한 준비서면 초안을 작성했다. 소송을 진행하는 과정에서는 법정에서 구두로 사건을 설명하는 것 외에 서면으로도 입장을 정리해서 제출해야 하는데 이를 '준비서면(準備書面)'이라고 한다. 변호사가 선임되어 있는 경우에는 변호사가 의뢰인의 설명을 듣고 준비서면을 작성해서 법원에 제출하게 된다.

하지만 이 사건은 내가 변호사로 정식 위임하는 형식을 취하지는 않았고 기존처럼 계속해서 형욱 씨가 직접 서면을 작성하는 형태를 취했다. 다만 내용은 기존의 것과는 많이 달랐다. 내가 작성한 서면의 주요 내용은 다음과 같았다.

문득 소송을 진행하다가 과연 내가 무엇을 하고 있는지 돌아보게 되었다. 그리고 나와 아버지에게 누나라는 사람이 얼마나 소중한 사람인지 뒤늦게 깨달았다. 그동안 누나의 마음을 헤아리지 못했던 부분이 컸다. 특히 매형 될 사람을 데리고 왔을 때 마음으로 축하해주지 못한 것이 지금도 후회된다. 가족으로부터 받지 못한 따뜻함을 그분에게서 느꼈을 텐데 이를 헤아려주지 못했다. 생각해보면 아버지와 나는 평생 누나에게 짐만 되는 존재였다. 이번 사건의 결과에 상관없이 더 이상 누나에게 짐이 되지 않겠다.

이 초안을 읽어본 형욱 씨는 걱정이 태산 같았다.

"이렇게 우리 잘못을 시인하는 서류를 법원에 내면 누나는 더 의기양양할 텐데요? 오히려 불리해지는 것 아닙니까?"

"지금까지의 방법으로 가더라도 지는 것은 마찬가지입니다. 남은 방법은 이것뿐이에요. 다른 수가 없습니다."

나의 설득에 형욱 씨는 못내 불안해하면서도 법원에 서면을 제출했다.

그로부터 3주 뒤 재판 당일, 나는 방청석에 앉아서 형욱 씨 재판의 진행 상황을 지켜보았다. 형욱 씨의 사건 번호가 판사에 의해 호명되자 누나 측 대리인인 변호사와 형욱 씨가 판사 앞에 섰다. 그때 누나 측 변호사가 말했다.

"재판장님, 원고 측이 소송을 취하하겠다고 합니다."

재판장이 물었다.

"아, 그래요? 그럼 피고 측에서도 이의 없는 거지요?"

피고인 형욱 씨는 얼른 방청석에 있는 나를 쳐다보았다.

나는 고개를 끄덕였다. 형욱 씨는 대답했다.

"네, 이의 없습니다."

재판장이 다시 물었다.

"네, 이 사건은 확정적으로 취하됐습니다. 그럼 피고들이 계속 이 사건 건물에서 사는 것을 원고가 허락해준다는 의미로 이해하면 됩니까?"

원고 측 변호사는 답변했다.

"네, 이번 기회에 아예 영구적인 무상사용 계약서를 하나 쓰려고 한답니다. 그 뒷일은 제가 알아서 처리하도록 원고로부터 위임을 받았습니다."

재판을 마치고 나온 형욱 씨는 어리둥절한 표정이었다. 나는 형욱 씨에게 누님이 우리가 준비한 서면을 보고 마음을 달리 먹은 것 같다고 설명했다.

"그것 보세요. 역시 누님은 누님입니다. 누님이 이렇게 마음을 열었으니 형욱 씨는 앞으로 누님에게 더 잘해야 합니다."

형욱 씨와 아버지는 살고 있던 건물에서 계속 살 수 있게 되었고 이후 가족 간의 관계도 어느 정도 회복이 되었다는 이야기를 전해 들었다.

*

변호사는 소송에서 승소해야 한다. 하지만 승리는 법정에만 있는 것이 아니다. 법리에 충실한 논리로 이기는 방법도 있지만, 상처를 헤아리고 아픔을 이해하며 진정한 해결을 찾는 방법도 있다.

나는 처음 형욱 씨의 이야기를 들었을 때 한 번도 만나본 적 없는 누나의 아픔과 외로움이 가슴에까지 전해오는 느낌이었다. 법적인 내용만을 앞세워 원고와 싸우는 것은 의뢰인과 원고 양측 모두에게 상처가 될 것이 뻔했다. 원고가 진정으로 원하는 것은 그간의 희생에 대한 감사, 그리고 자신의 선택에 대한 지지와 응원이었다. 상대가 진정으로 원하는 것이 무엇인지를 알면서도 자존심을 이유로 다른 방법을 선택한다는 것은 분명 옳지 않았다. 깨어진 마음들을 다시 이어붙이는 일, 그것이 변호사가 해야 할 첫 번째 일이었다.

상처 없는 결과가 진정한 승소다. 결과는 과정이 아름다울 때 진정으로 빛이 난다. 어떤 의미의 승소에 도달할지는 결국 과정에 의해 결정된다.

스스로를 삼킨 분노

☘

"창피해서 어디 가서 말도 못하겠습니다. 변호사님께도 정말 면목이 없습니다."

허원우 씨는 선친에게 물려받은 중소기업을 운영하고 있으며 광주지역에 꽤 많은 부동산을 보유하고 있는 재력가다. 1년 전 아버지가 돌아가시고 허원우, 허진우 형제는 선친이 살아계실 때의 말씀과 형제간의 뜻을 합하여 상속재산분할협의서를 작성했다.

원래 상속재산은 돌아가신 분의 유언에 따라 분배되는 것이 원칙이고 특별한 유언이 없으면 민법에 따라 각자 정해진 상속분을 받아 가면 된다. 하지만 만약 상속인들 간에 서로 합의가 있다면 얼마든지 상속재산을 합의에 따라 배분할 수 있다. 그때 작성하는 계약서가 바로 상속재산분할협의서다.

작성된 상속재산분할협의서에 따르면 형인 허원우 씨는 선친이 운영하던 중소기업과 광주지역에 있는 부동산을, 동생인 허진우 씨는 10억 원 상당의 금융자산과 전주지역에 있는 부동산을 물려받는 것으로 되어 있었다.

그로부터 1년 뒤, 허진우 씨는 형인 원우 씨를 상대로 상속회복청구소송을 제기했다. 소송 내용은 기존의 상속재산협의분할서는 본인의 진정한 의사에 따라 작성된 것이 아니라 원우 씨의 일방적인 강압에 의해 작성된 것이므로 무효로 해야 하며, 원우 씨는 이미 선친으로부터 여러 금전적인 혜택을 입었으므로 그 부분만큼을 공제하고 상속재산을 다시 나눠야 한다는 것이었다. 허진우 씨 주장이 법원에 의해 받아들여진다면 허원우 씨는 상당한 손해를 보게 된다.

"동생은 정말 사고뭉치였습니다. 아버지와 저는 어떻게든 회사를 키워보려고 밤잠 설쳐가면서 고생할 때, 이 녀석은 부잣집 아들 행세를 하며 제멋대로 살았습니다."

원우 씨의 말에는 세월의 더께가 녹아 있었다. 오랫동안 쌓인 형제간의 불신과 반목의 층이 느껴졌다.

"아버지는 동생을 믿을 수 없다며 일단 제게 모든 재산을 넘겨주셨습니다. 제가 정기적으로 동생에게 돈을 주는 것이 좋겠다고 생각하셨던 거죠. 하지만 제가 생각하기에 동생도 이제 거의 쉰이 다 되었으니 목돈이 필요하겠다 싶어 좋은 마음을 먹고 상속재산분할협의서를 작성했던 겁니다. 처음에 협의서를 작성할 때만 해도 동생 녀석은 좋아라 했지요. 생각했던 것보다 더 많은 재산을 받게 되었으니 말입니다."

법리적으로만 보면 동생인 허진우 씨가 이 소송에서 이기기는 쉽지 않아 보였다. 왜냐하면 법원에서는 일단 당사자 명의로 작성되고 날인된 처분문서인 계약서가 있으면 원칙적으로 그 효력을 부인하지 않기 때문이다. 효력 자체를 부인하려면 이를 주장하는 측에서 효력부인의 사유, 이 사건의 경우에는 강압이 있었음을 입증해야 하는데, 형과 동생 관계에서 다소 윽박지르는 일이 있었다 하더라도 그 자체를 강압으로 보지는 않는다. 나는 다소 흥분해 있는 의뢰인 허원우 씨에게 이렇게 설명했다.

"이 사건은 차분히 대응하면 충분히 승소할 가능성이 큽니다. 너무 스트레스받지 마시고 절차에 따라 신중하게 대응하시죠. 저도 열심히 하겠습니다."

하지만 원우 씨는 동생에게서 이런 소송을 제기당한 것 자체가 너무 억울하고 분통 터지는 모양이었다.

*

허진우 씨 측 변호사가 제출한 준비서면을 보면 허원우

씨의 주장과는 다른 내용이 많았다. 진우 씨 자신은 평생 형 때문에 피해를 입으며 살았고, 형은 자신과 아버지 사이를 떼어놓기 위해 수많은 모함을 했다고 주장했다. 물론 형이 공부를 더 잘했고 아버지 뜻을 잘 따르려 노력한 것은 알지만, 형은 아버지의 재산을 좋아했던 것이지 실은 아버지를 존경하지는 않았다는 것이다. 형은 언제나 아버지 곁에서 감언이설만 늘어놓았고 그 때문에 아버지는 자신보다 형을 더 믿었는데, 정작 형은 회사를 운영하는 과정에서 거액의 돈을 횡령해 제3자 명의로 부동산을 사놓거나 거래업체로부터 뒷돈을 받아서 비자금을 만드는 등 오히려 아버지의 믿음을 배신하는 행동을 했다고 주장했다.

동생이 제출한 준비서면을 전달받은 원우 씨는 분노를 감추지 못했다. 함께 대책회의를 하는 와중에도 격분을 못 이겨 고성을 지르다가 내게 눈물로 하소연하곤 했다.

"원래 소송을 하다 보면 상대방을 비난하는 경우가 많습니다. 그러려니 생각하시고 사실과 다른 부분만 차분히 지적해주시면 제가 정리해서 반박하겠습니다."

나는 최대한 감정을 건드리지 않으려 노력하며 그를 달랬다. 하지만 원우 씨는 격한 마음을 주체하지 못했다.

"소송이고 뭐고 다 때려치우고 이놈을 패대기쳐주고 싶습니다."

이후에도 이런 일은 계속되었다. 동생은 계속해서 준비서면을 통해 '이제는 말할 수 있다' 식의 과거 구구절절한 사연들을 늘어놓았고 허원우 씨는 내게 대책회의를 하러 와서는 분을 주체하지 못하는 일이 반복되었다. 나는 그럴 때마다 허원우 씨를 달래느라 진을 뺐다.

"사장님, 이렇게 흥분하실 일이 아닙니다. 어차피 이 사건 핵심은 상속재산분할협의서가 제대로 작성되었느냐 아니면 강압에 의해 어쩔 수 없이 작성되었느냐 하는 것인데, 현재 상대방은 상속재산분할협의서 자체에 대해서는 아무런 이야기를 하지 못하고 있습니다. 그 부분은 자신이 없다는 거죠. 그러니 쟁점과는 상관없는 이야기만 늘어놓고 있는 겁니다. 소송의 전체적인 흐름과는 크게 관련 없으니 너무 신경 쓰지 마십시오."

하지만 허원우 씨는 화를 참지 못해 사무실이 떠나갈 정도로 소리를 질러댔고 그 때문에 내 비서는 허원우 씨가 사무실에 올 때마다 긴장을 놓지 못했다.

이런 소란은 법정에서도 계속되었다. 두 형제가 만났을 때 법정은 순식간에 아수라장이 되었다. 허원우 씨는 달려가 진우 씨의 멱살을 잡았다. 진우 씨도 형을 밀치면서 소리를 질렀다.

"법대로 합시다. 왜 이러십니까? 나도 한 집안의 가장입니다!"

나는 법정에서 변론하는 것 못지않게 의뢰인이 혹시라도 폭행사건을 저지를까 봐 신경을 써야만 했다.

몇 차례의 재판과 증인신문까지 끝난 후 1심 선고기일이 잡혔다. 소송은 생각보다 길게 진행되어 1심에만 1년 정도가 소요되었다. 막상 재판이 끝나고 선고기일을 앞두게 되자 허원우 씨는 몹시 초조해했다. 그는 이틀에 한 번꼴로 술에 취해 밤늦은 시간에 내게 전화를 했다.

"변호사님, 저는 진짜 억울합니다. 제가 뭘 잘못했습니까? 동생 녀석은 자기 잘못도 모르고 저렇게 설쳐댑니다. 변호사님, 혹시 패소하는 건 아니겠지요? 꼭 승소하겠지요? 제가 요즘 잠이 안 옵니다."

그럴 때마다 나는 "사장님, 어차피 소송은 법리적인 쟁점에 따라 판결됩니다. 너무 걱정하지 않으셔도 될 것 같습니다."라고 반복해서 설명하는 것 외에 별다른 도리가 없었다.

한 달 후 선고일 아침, 약간 긴장되긴 했지만 승소에 대한 기대는 충분히 할 만했다. 법원에 나가 있던 송무직원이 휴대전화로 연락을 해왔다. 역시 승소였다. 그럼 그렇지, 나는 승리에 미소를 지었다. 곧 허원우 씨에게서 전화가 왔다. 우리는 서로 오랜만에 긴장감 없는 덕담을 나누었다.

"변호사님, 제가 혹시나 싶어 법정에 직접 나가 선고결과를 들었습니다. 정말 감사합니다!"

그로부터 며칠 뒤, 허원우 씨의 딸이 뜻밖의 소식을 전해왔다.

"아버지가 쓰러지셨어요. 지금 중환자실에 계십니다."

이게 무슨 날벼락 같은 소리란 말인가. 허원우 씨는 원래 고혈압 증세가 있었다. 소송 진행 중에 분을 못 참아 소리를 지르는 등의 행동을 할 때마다 혈압은 위험수치를 오르내렸고 집에 와서도 혼자 술을 마시면서 동생에 대한 원한과 원망의 끈을 놓지 않았다고 한다. 가족 중 누구도 의뢰인의 분노를 멈추게 할 수 없었다. 소송이 승소로 끝나고 긴장이 누그러지자 그만 쓰러져 의식을 잃고 만 것이다. 결국 그를 파괴한 것은 스스로 끌어안은 분노였다.

그 후 형에 대한 미안한 마음 때문이었는지 허진우 씨는 1심 패소 후 제기했던 항소를 취하했다. 서로에게 칼을 겨

누던 형제간의 분쟁은 마치 없었던 일처럼 되어버렸지만, 그 와중에 허원우 씨는 결국 세상을 떠나고 말았다. 형제는 두 번 다시 관계를 회복할 수 없게 된 것이다. 허원우 씨는 왜 그렇게 분노 속에서 자신을 힘들게 했던 것일까?

*

그동안의 경험에 비추어보면, 소송을 겪는 사람들은 소송을 당했든 제기했든 대개 다음과 같은 감정 변화의 단계를 거친다.

먼저 1단계는 '당혹감'이다. 당황스러운 마음에 도대체 자신에게 왜 이런 일이 일어난 것인지 상황을 파악하려고 애를 쓴다. 좀 더 시간이 지나면 이런 상황을 초래한 상대에 대해 '분노'의 감정을 느끼는 2단계로 넘어간다. 그리고 화가 누그러지면 비난의 화살을 자기 자신에게 돌리며 '자책'한다. 이것이 3단계다. '누구를 탓하겠어. 사람을 잘못 본 것도 계약서를 꼼꼼히 살피지 못한 것도 모두 내 탓이지'라는 생각을 하는 것이다. 이를 넘어서 4단계에 들어서면 상황을 '직면'하고 '성찰'하려 한다. '좋아, 어차피 일이 이렇게 된 거 최대한 잘 처리하도록 하자. 냉정을 잃지 말고 아울러 이번 일을 교훈으로 삼자. 분명 이 경험도 내게 득이 되겠지' 하는 심정으로 상황을 정면으로 마주 보는 것이다.

어떤 의뢰인은 2단계에서 멈추고 어떤 의뢰인은 3단계 혹은 4단계까지 가기도 한다. 중요한 점은 마지막 단계까지 도달하는 의뢰인들은 소송의 승패 결과에 크게 연연하지 않으면서 그 일을 통해 교훈을 얻고 더 단단해진 마음으로 일상에 복귀한다는 것이다.

이번 사건의 의뢰인은 2단계에서 멈춰서 더 나아가지 못했다. 분노는 결국 자신을 태우는 불꽃이 되었고, 법정에서 이기고도 인생에서 패배자가 되었다. 이성이 꺼진 자리에 분노가 자리 잡으면, 우리는 한없이 나약한 존재가 된다. 나라도 좀 더 의뢰인의 마음을 편하게 해줄 수 없었을까? 내 노력이 부족했을까? 두고두고 아픔과 아쉬움이 남는 사건이다.

한 번 뱉은 말은
사라지지 않는다

☘

거의 두 달에 한 번꼴로 국선변호 사건을 맡는데, 어느 날 국선변호 사건으로는 드물게 살인죄가 배당되었다. 김영호 씨는 지방대학을 졸업하고 서울에 올라와 원룸에 기거하면서 출판영업직에 종사하고 있었다. 그의 현실은 입사 때 그렸던 청사진과는 거리가 멀었다. 불경기 때문에 영업 실적이 저조하다 보니 실적에 따라 지급되는 월급을 제대로 받지 못했고 그 때문에 석 달째 집세가 밀려 있었다. 그러던 어느 일요일, 집주인이 영호 씨를 찾아왔다.

"지금 집세 밀린 거 알아요? 만날 늦게 들어오니 만나기도 어렵고……."

집주인은 짜증 섞인 목소리로 영호 씨를 타박했다.

"죄송합니다. 요즘 워낙 경기가 안 좋아서……. 며칠 내로 어떻게든 돈을 융통해서 밀린 집세를 낼 테니 조금만 기다려주십시오."

"기다려달라고 한 게 벌써 언제부터요? 나도 월세 받아서 생활하는데 자꾸 이러면 곤란합니다. 내가 생활이 안 된다고요!"

그날따라 집주인은 작심을 한 듯 영호 씨를 몰아붙였다.

"며칠이라고 모호하게 말하지 말고 돈을 낼 수 있는 날짜를 정확하게 알려줘요."

영호 씨는 머리를 계속 긁적이며 말했다.

"이번 주말까지는 꼭 마련해보겠습니다. 정말 죄송합니다."

영호 씨는 어떻게든 그 자리를 모면하려고 애를 썼다. 집주인은 뒤돌아서는 영호 씨에게 중얼거리듯 혼잣말을 했다.

"어이구, 인생이 불쌍하다, 불쌍해……."

이 말을 듣는 순간 영호 씨는 이성을 잃어버렸다.

"당신 방금 뭐라고 했어? 응? 뭐라고 했어?"

"뭐? 월세도 못 내는 인간이 무슨 할 말이 있다고 그래?"

"인생이 불쌍하다고 그랬어? 인생이?"

영호 씨는 눈 깜짝할 사이에 부엌으로 뛰어들어가 칼을 들고 나왔다. 하지만 집주인은 놀라기는커녕 오히려 빈정댔다.

"못난 인간이 별짓을 다 한다!"

화를 이기지 못한 영호 씨는 결국 부엌칼로 집주인을 일곱 차례나 찔렀고 집주인은 그 자리에서 사망했다.

구치소 접견실에서 만난 영호 씨의 모습에서는 사건 기록에서 느껴지던 범죄자의 이미지를 전혀 찾아볼 수 없었다. 창백하고 순하기만 한 얼굴을 보고 있자니 도저히 그런 끔찍한 살인죄를 저지를 만한 사람이 아닌 것 같았다.

"저도 제가 왜 그랬는지 모르겠습니다. 인생이 불쌍하다는 말을 듣는 순간 제 속에 있던 괴물이 튀어나왔나 봅니다. 정신을 차리고 보니 집주인은 쓰러져 있었습니다."

누가 뭐라고 하지 않아도 영호 씨 스스로 심한 자괴감을 느끼고 있던 차에 집주인이 영호 씨 자존심을 무참하게 짓밟는 말을 하자 이성을 잃었던 것이다.

나는 영호 씨에 대한 변호의 방향을 '합리적인 판단을 잃어버린 심신미약 상황에서의 범행'으로 잡았다. 상대방을 살해하겠다는 고의를 가진 자가 저지른 '살인죄'가 아니라, 우발적인 감정에서 이성을 잃고 사람을 살해한 것이므로 '폭행치사죄'나 '상해치사죄'가 되어야 한다고 주장하기로 했다. 하지만 살인에 고의가 없었다고 하기에는 피해자를 일곱 번이나 찌른 영호 씨의 행위를 논리적으로 설명할 수 없었다. 결국 영호 씨는 살인죄로 징역 12년을 선고받았다.

착하고 순하기만 했던 영호 씨를 돌변하게 한 것은 집주인의 단 한마디 "인생이 불쌍하다."였다. 집주인은 그 말이 상대방을 얼마나 비참하게 만들 수 있는지 미처 생각하지 못했던 것 같다.

*

인간의 기억에 대한 심리실험이 있다. 사람들에게 100개의 단어 카드를 나눠주고 암기하도록 한다. 얼마 뒤 카드를 거둬가고 방금 봤던 100개의 단어 중 기억나는 것을 작성하게 하면 사람들은 행복, 희망, 용기와 같은 긍정적인 단어보다 새끼, 바보, 죽어 등 부정적인 단어를 훨씬 더 많이 기억했다.

이유는 위협적이거나 부정적인 단어를 보게 되면 우리 뇌는 방어기제를 발동하게 되고, 그 단어는 뇌의 변연계에 저장되어 세포변화를 일으키기 때문이다. 인간은 외부의 공격으로부터 자신을 방어하려는 본능 때문에 부정적인 단어에 더 예민하게 반응하도록 진화해왔다는 것이 심리학자들의 설명이다.

이 같은 논리를 적용할 수 있는 또 다른 사건이 있다. 2008년 언론에 대대적으로 보도되었던 살인사건이다.

30대 김 모 씨는 고등학교 재학 시절 스승이었던 송 모 씨의 집에 찾아가 그를 흉기로 수차례 찔러 살인했다. 경찰에 검거된 후 범행 동기를 물어보니 김 씨는 뜻밖의 진술을 했다.

김 씨는 고교 1학년 시절 학교에서 시험을 치르던 중 송 씨로부터 부정행위를 저질렀다는 이유로 체벌을 받았다. 그는 경찰에서 "당시 부정행위를 저질렀다는 누명 때문에 심한 폭언을 들으며 많이 맞았다. 지난 20여 년간 그 억울함을 잊은 적이 없다."고 진술했다.

김 씨는 그 뒤 틈날 때마다 송 씨에 관한 정보를 추적했고, 인터넷을 통해 송 씨의 주소를 알아낸 후 찾아가 당시의 일을 사과하라고 요구했다. 그러나 송 씨는 잘못을 인정하지 않았고, 이에 격분하여 범행을 저질렀다는 것이다.

경찰은 김 씨에 대해 정신감정을 의뢰했으나 특별한 문제가 있는 것으로 드러나지는 않았다. 무려 20년 동안이나 고등학교 시절 받은 체벌의 억울함을 마음에 품고 있었다는 사실이 쉽게 이해가 가지는 않지만, 김 씨에게는 그 경험이 잊을 수 없는 자극이 되어 뇌의 변연계에 깊이 새겨졌던 것 같다.

아마도 사람의 말은 한번 내뱉으면 그냥 허공에 흩어져

사라지는 것이 아니라, 바람에 날리는 홀씨처럼 상대방의 마음속에 뿌리를 내리고, 때로는 독초가 되어 시간이 흐를수록 더 자랄 수도 있는 모양이다. 수많은 소송사건을 처리하다 보면 이런 경우를 심심치 않게 볼 수 있다.

몇 년 전 남매간의 상속문제를 중재한 적이 있었다. 큰오빠와 다섯 여동생 사이의 분쟁이었다. 큰오빠는 돌아가신 아버지가 자신에게 많은 재산을 물려주기로 약속한 내용의 유언장을 작성했다고 주장했고, 다섯 여동생은 그 유언장이 위조된 것이라고 여겼다.

나는 큰오빠를 대리했었는데 당시 관련자들이 전부 내 사무실에 모여 서로의 입장을 교환한 적이 있었다. 이야기를 들어보니 남매의 집은 어릴 때부터 부모님이 큰아들만 끔찍이 여기고 다섯 딸에 대해서는 차별이 심했던 모양이었다. 다섯 여동생은 30년도 더 지난 어린 시절 이야기들을 하나씩 거론하며 화를 냈다.

"오빠는 기억도 못하겠지만 우리는 온갖 차별대우로 상처를 받으며 자랐어. 오빠는 모든 것을 누린 사람이야. 그런데 왜 이제 와서 상속분까지도 전부 차지하려고 하는 거야?"

물론 나의 의뢰인은 자신이 어떤 말을 했는지 기억조차

없었다. 하지만 다섯 여동생은 각자 가슴속 앙금을 토로하며 분을 이기지 못했다.

*

시위를 떠난 화살은 돌이킬 수 없다. 한번 입 밖으로 나온 말은 결코 거둬들일 수 없고, 사라지지도 않는다. 법정에서 만나는 수많은 사건의 이면에는 사소해 보이는 말 한마디가 씨앗이 되어 자라나 갈등으로 자리 잡는다.

말은 화살보다 예리하고, 독보다 오래 남는다. 지금 이 순간에도 우리는 무심코 뱉은 말로 누군가의 마음에 보이지 않는 상처를 새기고 있는지도 모른다. 그 상처는 시간이 지나도 아물지 않고 더 깊어질 수 있다. 혹여라도 부주의하게 다른 이들의 가슴에 못을 박고 고통의 씨앗을 뿌리고 있는 것은 아닌지 되돌아볼 일이다.

말씀 언(言) 자의 어원은 '두 번(二) 이상 거듭 생각(亠)한 후 말해야 한다(口)'는 뜻을 담고 있다고 한다. 글자가 만들어지기도 전부터 사람들은 말이 무기가 될 수 있음을 경계하고 이를 글자에 담았다. 말하기 전에 두 번 생각하라는 오랜 지혜를 되새겨 본다.

내 아들을
신고합니다

☘

"조 변호사님, 제 아들을 경찰에 신고하려고 합니다. 도와주세요."

어느 날 연락도 없이 김 사장이 나를 찾아왔다. 그와 나는 CEO 모임에서 알게 되어 이따금 안부를 물으며 지내는 사이다. 그가 갑자기 자신의 아들을 신고하겠다며 나타나니 어안이 벙벙했다.

성공한 기업가인 김 사장도 자식 걱정에서 자유롭지 못했다. 바로 고등학교 1학년에 재학 중인 둘째아들 때문이었다. 명문대학교에 다니는 맏이와 달리 둘째아들은 공부에 별로 소질이 없었다. 형과 자주 비교되는 자신이 싫었던지 일부러 비뚤어지는 것도 같았는데 최근 들어 반항이 더욱 심해졌다고 한다.

그러던 둘째가 해서는 안 될 나쁜 일까지 저지르는 것을 알게 되었다. 언제부턴가 집에 있던 귀중품이 하나씩 사라지더니 최근에는 수납장에 보관해두었던 현금카드가 사라졌고, 며칠 뒤 천만 원 정도가 몇 차례에 걸쳐 인출된 것을 발견했다.

"아들놈 짓입니다. 엊그제 따지고 물었더니 모두 실토하더군요. 이대로 뒀다가는 더 큰일을 저지를지 모른다는 생각이 들었습니다. 차라리 따끔하게 혼을 내주는 것이 아비로서 해야 할 도리인 듯합니다. 정말 부끄러운 일입니다만, 이 문제를 상담할 수 있는 사람이 변호사님밖에 없어서 이렇게 찾아오게 되었습니다."

아들을 신고하는 아버지의 심정이 과연 어떠할까. 김 사장은 말을 이어갔다.

"그런데 한 가지 고민이 있습니다. 제 아들이라 감싸는 것은 아니지만, 적어도 아들 녀석 말에 따르면 선배가 시켜서 하는 수 없이 물건을 훔친 거라고 합니다. 같은 동네에 사는 선배인데 소년원에도 여러 차례 갔다 왔다고 하더군요. 제가 재력이 있다고 소문이 났는지 그 선배라는 녀석이 우리 아들놈에게 접근한 뒤 갖은 협박을 했다고 합니다."

김 사장은 한숨을 쉬고는 비장한 표정으로 말했다.

"그래서 솔직히 제 목표는 그 선배 녀석입니다. 이렇게 계속 내버려뒀다가는 그 녀석이 아들놈을 조종해서 우리 집뿐만 아니라 다른 집 물건까지도 손을 댈지 누가 압니까? 일이 더 커지기 전에 그 선배 녀석과 우리 아들을 같이 경찰에 신고해서 혼을 내줘야겠다고 생각했습니다. 며칠을 고민했는데 방법이 그것밖에는 없겠더군요."

김 사장의 이야기를 다 듣고 나니 머리가 복잡해졌다. 고려해야 할 요소가 하나 생겼기 때문이다.

"아드님이 지금까지 훔친 물건은 김 사장님 댁 물건밖에 없다고 하던가요?"

"네, 제가 아주 호되게 몰아쳐서 물었는데 다른 집 물건은 아직 손대지 않았다고 합니다."

"김 사장님 댁에서 물건을 훔칠 때 아드님과 그 선배가 같이 했다고 하던가요?"

"네, 세 번 정도 저희 집에 와서 도둑질을 했는데 모두 아들과 그 선배가 같이 했다고 합니다."

"네, 알겠습니다. 김 사장님은 아드님이 처벌을 받아도 괜찮으신 건가요? 전과기록이 남을 텐데."

"각오하고 있습니다. 이번 기회에 제대로 처벌을 받으면 둘 다 정신이 들지 않겠습니까? 제 마음으론 선배 녀석이 더 무거운 처벌을 받았으면 합니다. 선배란 놈이 아들 녀석에게 그랬다고 하더군요. '어차피 들켜도 너희 아버지가 너를 신고하겠니?'라고요. 아들놈도 그대로 따랐다고 하고요. 둘 다 범죄를 저질렀는데 선배 녀석만 처벌을 받게 할 수는 없을 테지요. 오히려 아들놈이 더 큰 처벌을 받게 되는 건 아닌지 걱정입니다. 법적으로 어떻게 되는 겁니까?"

김 사장은 눈시울을 붉혔다. 자식 키우는 사람으로서 나 역시 마음이 아팠다.

"알겠습니다. 생각이 그러시다면 제가 도와드리겠습니다."

*

다음 날 김 사장은 자신의 둘째아들과 함께 나를 방문했다. 막상 만나보니 아직 뺨에 솜털이 보송보송한 철없는 어린애였다. 나는 김 사장의 아들에게 몇 가지 질문을 한 다음 범죄 일체를 자백하는 내용의 진술서를 썼다.

경찰에서는 아들과 그 선배를 모두 소환해서 조사하기 시작했다. 이미 사건의 전모는 모두 드러난 상황이었으므로 범행 사실을 부인하기란 불가능했다. 수사 결과 절도한 물품이나 금전은 전부 선배가 사용하거나 보관하고 있었다. 전과조회를 해보니 그 선배는 벌써 소년범 전과가 세 개, 일반 전과가 두 개나 있었다. 이번 사건까지 유죄로 인정되면 실형을 선고받을 확률이 높았다.

막상 수사가 시작되니 김 사장은 걱정이 커졌다. 둘째아들은 경찰서에 두 번 정도 갔다 오더니 완전히 사색이 되었다는 것이다.

“변호사님, 제 아들은 어느 정도 형을 받게 되나요?”

나는 그제야 그간 마음에만 품고 있던 정확한 답을 알려줬다.

“아드님은 처벌받지 않습니다. 걱정하지 마십시오.”

“네? 뭐라고요?”

“네, 형법상 친족상도례 규정 때문에 처벌받지 않습니다.”

“친족상도례라니, 그게 뭔가요?”

우리 형법은 친족 간에 일어나는 일정한 범죄에 대해서는 형을 면제해주고 있는데 이를 ‘친족상도례(親族相盜例)’라고 한다. 김 사장 아들의 경우처럼 직계혈족 간의 절도죄에 대해서는 형벌 자체를 면제하도록 규정하고 있다.

따라서 김 사장의 재물을 훔친 아들은 피해자인 김 사장과 친족관계이므로 친족상도례에 따라 처벌받지 않는다. 그 선배는 김 사장과 아무런 친족관계가 없으므로 처벌을 받게 된다. 내가 처음부터 이 이야기를 김 사장에게 하지 않은 것은 자칫하면 김 사장이 이 규정을 악용할 수 있을 것 같았고, 또 애초 신고의 목적이었던 엄격한 훈육을 위해서라도 아들에게 충분히 겁을 주어야 할 것 같았기 때문이다.

김 사장 아들 문제는 더는 수사를 진행하지 않고 종결 처리되었지만, 그 선배는 절도의 상습성이 인정되어 징역 1년 형을 선고받았다. '설마 자기 아들인데 어떻게 하겠어?'라고 생각하며 여유를 부리던 선배 녀석은 제 꾀에 제가 빠진 꼴이 되었다.

그 이후 김 사장을 만날 때마다 둘째아들의 안부를 물어보는데, 그때 몹시도 호되게 당한 것이 약이 되었는지 요즘은 말썽을 피우지 않고 잘 지낸다고 한다.

*

'자식도 품 안에 들 때 자식'이라는 속담이 있다. 자식이 어렸을 때는 부모의 뜻을 따르지만 자라서는 제 뜻대로 행동하려 함을 이르는 말이다. 법률상담을 하다 보면 자식이 문제를 일으켜서 부모가 죄인이 된 심정으로 상담하러 오는 경우가 많다. 그들의 눈빛에는 깊은 시름이 어려 있다. 자식의 잘못이 곧 부모의 잘못이라 생각하는 마음, 자식을 바로잡아야 하는 부모의 책임이 그들의 어깨에 무겁게 실려 있다.

문제를 일으킨 자식들 중에는 그런 부모의 심정을 헤아려 반성하는 부류도 있지만 여전히 철없이 '반항은 나의 특권'이라는 표정으로 세상 무서운 줄 모르는 태도를 보이는 부류도 있다. 그럴 때면 '꼭 너 같은 자식 낳아서 키워봐라'라는 어른들의 말씀이 떠오른다.

법은 때로 인간의 마음을 읽는다. 친족상도례라는 법의 지혜는 어쩌면 부모의 마음을 담은 것인지도 모른다. 눈에 넣어도 안 아픈 아들을 전과자로 만들어서라도 정신을 차리게 하고 싶었던 김 사장에게 친족상도례는 법이 내려준 뜻밖의 선물인 셈이었다. 물론 그렇다고 해서 친족상도례 규정을 악용해서는 안 될 일이지만 말이다.

남편의
완벽한 가면

☘

김선화 씨가 처음 내 사무실을 방문했을 때 그녀는 정신이 반쯤 나간 상태였다.

"변호사님, 우리 지점장님 어떻게 해야 하나요? 제발 좀 살려주세요."

선화 씨 남편인 권세형 씨는 A은행 지점장이다. 그는 대출과정에서 고객으로부터 3천만 원의 리베이트를 받았다는 혐의로 어제저녁 퇴근길에 긴급체포되었다. 내일 오전 법원에서 구속영장실질심사가 진행될 예정이라 급히 변호사를 선임하여 대응하기 위해 나를 찾아온 것이다. 하지만 선화 씨가 사건에 대해 알고 있는 내용이 거의 없다는 게 문제였다.

나는 극도의 불안감에 떨고 있는 의뢰인을 진정시키느라 애를 썼다. 그런데 선화 씨와 대화하면서 이상한 점을 발견했다. 선화 씨는 남편을 지칭할 때 '남편', '아이들 아빠', '그 사람'이 아닌 '우리 지점장님'과 같은 부자연스러운 존칭을 썼다.

"우리 지점장님은 하늘에 맹세코 절대 부정한 일을 하실

분이 아닙니다."

"우리 지점장님은 공과 사를 엄격하게 구분하셔서 제가 지점장님 차를 타본 일이 없을 정도입니다. 은행에서 유지비를 제공하기 때문에 그 차는 꼭 공적인 일에만 사용하시는 분입니다. 그런 분이 뒷돈을 받았을 리가 없습니다."

부인에게 이 정도 신뢰와 존경을 받고 사는 남편이 과연 몇이나 될까 생각하니 권 지점장이란 사람이 참 대단하게 느껴졌다.

하지만 구속영장실질심사 결과 권 지점장은 결국 구속되었다. 검찰이 제기한 권 지점장의 범죄 사실은 이랬다.

'2008년 5월 17일 피의자 권세형은 A은행 서울 소재 지점에서 대출심사를 받고 있던 B사 상무 김○○으로부터 대출에 편의를 제공해주는 대가로 현금 3천만 원이 들어 있는 쇼핑백을 건네받음으로써 업무에 관한 부정한 청탁을 받고 금전을 취득했다.'

물론 구치소에서 만난 권 지점장은 범죄 사실에 대해 강력히 부인했다.

"김 상무가 식사하고 헤어질 때 쇼핑백을 건네주더군요. 전 한사코 안 받으려고 했는데 작은 선물이니 성의로 받아 달라고 해서 어쩔 수 없이 받았습니다. 생각보다 묵직해서 쇼핑백 안의 포장을 뜯어봤더니 지폐 다발이더라고요. 깜짝 놀라서 그 자리에서 김 상무에게 돌려줬습니다."

한 사람은 돈을 줬다고 하고, 다른 사람은 그 자리에서 받은 돈을 다시 돌려줬다고 하는 아주 희한한 사건이었다. 두 사람 중 한 명은 거짓말을 하고 있음이 분명했다. 이런 상황에서 법원은 돈을 줬다고 주장하는 사람의 진술을 믿는 경우가 대부분이다. 왜냐하면 돈을 준 사람도 처벌을 받기 때문에 거짓으로 진술을 할 이유가 없다고 보는 것이다.

그런데 현실적으로 반드시 그렇지만은 않다. 대체로 돈을 준 사람은 돈을 받은 사람보다 훨씬 가벼운 처벌을 받는다. 이는 수사기관의 주 타깃이 '돈을 받은 사람'일 경우가 많으며, 수사기관은 돈을 줬다는 사실을 자백하라는 압력을 가하면서 '당신에 대해서는 최대한 선처해주겠다'는 식의 협상 카드를 제시하는 경우가 많기 때문이다. 이때 마음 약한 사람들은 어차피 빠져나가기 어려운 상황이니 차라리 수사기관이 원하는 대로 진술하는 것이 낫겠다는 생각에 자포자기 상태로 허위진술을 하는 경우가 있다.

또한 무언가를 부탁했는데 부탁한 내용이 제대로 이뤄지지 않을 때 부탁을 한 쪽에서는 억하심정으로 상대방을 곤경에 빠뜨리는 경우도 있다. 특히 상대방이 공무원인 경우 뇌물을 줬다는 식으로 거짓말을 하는 악의적인 고소인들이 더러 있는 것이 현실이다.

권 지점장은 이렇게 주장했다.

"저도 대출이 순조롭게 진행될 줄 알았습니다. 그런데 본점 심사부에서 마지막에 '승인불가' 결정을 내린 겁니다. 알고 봤더니 B사가 거래처에 지급하지 못한 대금들이 꽤 있더군요. 요즘은 전산망이 잘 구축돼 있어서 금융권 연체정보뿐만 아니라 거래처 미수금까지 모두 추적됩니다. 본점 심사부 입장에서는 거래처에 돈을 갚지 못한 업체에 어떻게 거액의 대출을 승인할 수 있겠느냐는 판단을 한 것이죠. B사 김 상무는 자기 예상대로 대출이 진행되지 않자 갑자기 제게 항의를 하기 시작했습니다. 그러더니 이런 식으로 저를 음해하는 겁니다."

권 지점장 설명에도 분명 일리가 있었다. 다만 돈을 줬다는 쪽에서 자신의 주장을 전혀 굽히지 않고 있으니 이 부분을 어떻게 극복할 것인지가 핵심이었다.

*

선화 씨는 이틀에 한 번꼴로 내 사무실을 찾아왔다. 하지만 그녀는 사건에 대해서는 아는 바가 전혀 없었기에 문제를 해결하는 데 별로 도움이 되지 않았다. 나는 그녀에게 김 상무가 돈을 건넸다고 진술한 날의 저녁 상황을 물어봤지만 별다른 특이한 점은 없었다고 했다.

권 지점장은 내게 선화 씨를 증인으로 세울 것을 강력히 요청했다. 나는 선화 씨가 피고인의 부인이므로 어차피 법원에서 신빙성 있는 증인으로 봐주지 않을 것이라고 설명했지만 권 지점장은 끈질기게 증인신청을 요구했다.

"집사람은 저를 잘 압니다. 직접적인 증거는 되지 못하더라도 제가 어떻게 살았고 어떤 마음가짐으로 업무를 해왔는지에 대해 증언해주면 분명 판사님도 제가 무죄임을 인정해주지 않을까요?"

남편을 절대적으로 신뢰하는 부인과 부인을 어떻게든 증인석에 세워 자신의 결백을 주장하고 싶은 남편. 보통 남편이 구속되고 나면 좋았던 부부관계도 위기를 맞는 경우가 더러 있는데 이 부부는 오히려 반대인 듯했다. 서로에 대한 신뢰가 대단하다는 생각이 들었다.

나는 선화 씨에게 형사 법정에 출석해 증언해줄 것을 요청했다. 그러자 선화 씨는 다소 불안한 표정으로 물었다.

"제가 잘할 수 있을까요? 제가 어떤 점을 증언하면 될까요?"

"별로 걱정하실 것은 없습니다. 질문사항은 제가 미리 정리해드릴게요. 남편분이 그날 저녁에 쇼핑백을 들고 오거나 다른 특이한 사항이 없었다는 점, 평소 공과 사를 분명히 하며 매사에 원칙적이었던 남편분의 생활태도 등을 솔직하게 말씀해주시면 됩니다."

"아, 정말 잘됐으면 좋겠습니다. 지점장님이 하루빨리 석방돼야 할 텐데요. 고혈압이 있으신데 걱정입니다."

선화 씨는 가슴에 한숨을 내쉬며 진심으로 자신의 남편을 걱정했다.

형사재판이 시작됐다. 1차 공판에서 검사가 공소사실을 법원에 밝히고, 공소사실을 인정하는지에 대해 권 지점장에게 추궁했다. 물론 권 지점장은 쇼핑백을 건네받은 사실은 있으나 내용물을 확인하고는 바로 돌려줬다는 종전의 주장을 되풀이했다.

그로부터 2주 뒤 2차 공판이 진행됐다. 검찰은 권 지점장에게 쇼핑백을 건넸다고 주장하는 김 상무를 증인으로 불러서 공소사실을 뒷받침하는 데 주력했다. 김 상무는 분명 3천만 원이 든 쇼핑백을 권 지점장에게 건넸으며 권 지점장이 그 쇼핑백을 자신에게 돌려준 일은 없다고 확신에 찬 어조로 진술했다.

나는 피고인의 변호인으로서 반대신문을 통해 김 상무의 증언을 탄핵하려 노력했으나 상황이 쉽게 풀리지 않았다. 더는 선택의 여지가 없었기에 다음 공판기일에 피고인의 부인인 김선화 씨를 증인으로 신청하겠다고 요청했다.

그러자 예상했던 대로 재판부는 "어차피 피고인의 부인인데 객관적으로 진술을 하기에는 부적절한 인물인 것 같습니다. 하고 싶은 말이 있으면 그냥 진술서로 내시죠."라며 부정적인 입장을 내보였다.

그러자 권 지점장은 자신이 직접 발언권을 얻은 뒤 이렇게 말했다.

"판사님, 제가 정말 억울해서 그럽니다. 제가 어떻게 살아왔는지는 제 집사람이 잘 압니다. 제 집사람은 신앙이 두터워서 결코 거짓말을 하지 않습니다. 꼭 증인으로 채택해주시길 바랍니다."

피고인의 간곡한 설득에 재판부는 한참을 논의하더니 김선화 씨를 증인으로 채택하기로 결정했다. 권 지점장은 안도의 한숨을 내쉬었다.

이 반가운 소식을 전하고자 전화를 했더니 뜻밖에도 선

화 씨는 예상치 못한 반응을 보였다.

"저, 변호사님, 제가 증인으로 꼭 나가야 할까요? 나가지 않으면 안 될까요?"

"부담 갖지 마세요. 그동안 저에게 하신 것처럼 사실대로 말씀하시면 충분합니다."

"사실대로요……. 네, 알겠습니다."

선화 씨의 끝말이 내게 긴 여운을 남겼다. 그러고 보니 선화 씨가 나를 마지막으로 방문한 것이 3주 전이었다. 더구나 오늘 공판에는 참석도 하지 않았다. 사흘이 멀다 하고 사무실을 찾아왔던 그녀였기에, '요즘 무슨 일이 있나?' 하는 불길한 예감이 머릿속을 스쳐 지나갔다.

*

드디어 3차 공판일, 선화 씨는 증인석에 앉았다. 판사는 선화 씨에게 주의를 주었다.

"증인, 피고인과 부부 사이죠? 아무리 그렇다고 해도 사실과 다른 증언을 하면 안 됩니다. 위증죄로 처벌받을 수 있습니다. 아셨죠? 사실대로만 말씀하세요."

선화 씨는 판사의 말에 고개를 끄덕이며 "네."라고 작은 목소리로 대답했다. 나는 선화 씨에게 사전에 미리 보내줬던 내용에 맞춰 증인신문을 시작했다.

"증인은 2004년 8월 피고인과 결혼한 후 현재까지 결혼생활을 유지하고 있으며 슬하에 1남 1녀를 두고 있지요?"

"네."

"피고인의 성격은 상당히 고지식한 편이라 때로는 다소 답답해 보일 정도죠?"

"네."

"2018년 5월 17일 저녁, 피고인은 9시쯤 퇴근해서 집으로 왔지요?"

"네."

"그날은 손님과 약속이 있다고 해서 별도로 저녁식사를 준비하지 않았지요?"

"네."

"그날 저녁, 피고인이 평소와 다른 행동을 한 것은 전혀 없지요?"

"아뇨, 좀 이상했습니다."

갑자기 상황이 예상치 못한 방향으로 흘렀다. 원래 약속한 바로는 이 질문에 대해서도 "네."라고 대답하기로 되어 있었는데……. 내가 당황하고 있으니 재판장이 끼어들었다.

"어떤 점이 이상했는지 자세히 말씀해보세요."

그러자 선화 씨는 눈을 지그시 감고 또박또박 말을 이어갔다.

"갑자기 제게 돈뭉치 두 개를 줬습니다. 200만 원이라고 하면서 애들이랑 쇼핑을 하라고 했습니다."

순간 내 옆에 있던 권 지점장의 얼굴이 심하게 일그러졌다.

"평소 빠듯한 월급으로 지냈는데 갑자기 공돈이 생겨 기분이 좋았습니다."

재판장은 다시 질문했다.

"그 돈이 어디서 났는지 물어보지 않았습니까?"

"평소 저는 지점장님께 질문을 많이 하지 않습니다. 보너스를 받았겠거니 생각했습니다. 그날 지점장님이 묵직한 쇼핑백을 들고 들어왔는데 그게 뭔지 궁금했지만 물어보지는 않았습니다."

이건 또 무슨 상황이란 말인가! 지금 치열하게 다투고 있는 문제의 쇼핑백에 대한 구체적인 진술이 나온 것이다. 권 지점장이 그 쇼핑백을 집에까지 들고 왔단 말인가? 그리고 평소와는 달리 큰돈을 부인에게 건넸다는 진술까지 했으니 최악의 상황이었다.

재판장도 황당하다는 듯 나를 보면서 고개를 갸웃거렸다.

"증인신문 계속하실 건가요? 사전에 내용을 논의하지 않으셨습니까?"

나는 나대로 머릿속이 하얘졌다. 선화 씨가 또 무슨 폭탄발언을 할지 모르는 상황에서 증인신문을 계속할 수는 없었다. 나는 재판장에게 말했다.

"더 이상 질문하지 않겠습니다."

그러자 선화 씨가 단호하게 외쳤다.

"한마디만 하겠습니다. 제 남편은 위선자입니다, 위선자!"

*

그날 공판을 어떻게 끝냈는지 기억도 나지 않는다. 재판 이후 여러 차례 선화 씨에게 연락했으나 통화가 되지 않았다. 3차 공판 사흘 뒤 나는 서울구치소에서 권 지점장을 면회했다.

"어떻게 된 일입니까, 지점장님!"

도대체 영문을 알 수 없었기에 권 지점장에게 자초지종

을 물었다. 권 지점장은 담담하게 대답했다.

"그저께 집사람으로부터 장문의 편지가 왔더군요. 모두 제 잘못입니다."

권 지점장이 김 상무에게서 3천만 원이 든 쇼핑백을 받았고, 이를 집에 들고 갔으며, 그중 200만 원을 꺼내 선화 씨에게 건넨 것이 사실이었던 것이다.

"그럼 지금까지 제게 거짓말을 하셨습니까?"

"죄송합니다. 솔직히 겁이 났습니다. 제가 계좌로 돈을 받은 것이 아니라 현금으로 받았기 때문에 저만 끝까지 우기면 무죄가 될 수도 있지 않을까 생각했습니다. 유죄 입증은 검찰이 해야 하는 거라면서요?"

뒤통수를 맞은 느낌이었다. 여기서 더 이해가 가지 않은 것은 선화 씨가 남편에게 결정적으로 불리한 증언을 했다는 사실이었다. 남편을 하늘같이 생각하던 사람이 아니던가.

"부끄럽습니다, 변호사님. 집사람이 모든 것을 알아버렸습니다."

권 지점장은 선화 씨에게서 받은 편지를 내게 보여줬다. 선화 씨가 법정에서 증언하기 일주일 전에 작성한 것인데 깨알 같은 글씨로 다섯 장 분량이 빼곡히 채워져 있었다.

사정은 이러했다.

권 지점장은 퇴근 시간에 긴급체포되었기에 그의 자가용은 검찰청에서 며칠 압수하고 있다가 보호자인 선화 씨에게 인수인계되었다. 선화 씨는 그 차를 아파트 지하주차장에 주차해두었다. 평소 공무에만 이 차를 사용한다는 것을 워낙 강조하던 남편이었기에 선화 씨가 남편 차에 타본 것은 이번이 처음이었다.

선화 씨는 혹시라도 재판에 도움이 되는 물건이 있을까 싶어 차 안의 물건들을 샅샅이 뒤져보다가 트렁크에서 뜻밖의 물건들을 발견했다. 권 지점장이 내연녀와 주고받은 편지, 함께 찍은 사진, 생일카드, 비행기 티켓, 선물 영수증 등이 나온 것이다. 선화 씨는 그동안 철석같이 믿었던 남편에 대한 배신감에 치를 떨었다. 권 지점장은 김 상무에게서 3천만 원을 받은 후 내연녀에게 값비싼 보석 목걸이와 가방을 선물했고 함께 태국여행까지 다녀온 것이었다.

선화 씨는 고민했다. 과연 이 모든 것을 알고 난 상황에서도 남편을 위해 증언해야 할까? 아무리 생각해도 남편을 용서할 수가 없었다. 그녀는 진실을 밝히기로 결심했다.

선화 씨는 편지에 권 지점장과는 이혼할 생각이며 아이

들의 양육권은 본인이 가질 것이고, 만일 이에 반대한다면 이혼소송을 할 것이라는 단호한 의지를 적어 보냈다.

"결국 제 발등을 제가 찍은 겁니다. 이렇게 될 줄 모르고 집사람을 증인으로 세우자고 했으니……."

권 지점장은 1심에서 징역 1년 6개월의 실형을 선고받았다.

*

우리는 어느 정도 진실을 감추는 가면을 쓰고 산다. 그것은 자신을 지키기 위한 방어이기도 하고, 타인을 배려하는 예의이기도 하다. 심지어 부부라 하더라도 서로를 전부 안다고 자신할 수 없다. 어떤 심리학자들은 오히려 부부일수록 서로 침범하지 않는 고유영역이 있어야 행복한 생활을 할 수 있다고도 말한다.

권 지점장은 완벽에 가까운 가면을 오랫동안 쓰고 살아왔고 그 때문에 아내인 선화 씨로부터 과도한 신뢰와 존경을 받았다. 하지만 가면이 벗겨지고 남편의 실체와 직면하던 날, 선화 씨는 그동안의 관계가 위선이었음을 깨달으면서 자신을 지탱해온 세상이 무너지는 것 같은 참담함을 느졌다. 신뢰가 너무 컸기에 상처는 치유될 수 없었고 둘의 관계는 결국 파국으로 치달았다.

우리는 어떤 모습으로 살아가야 하는가? 완벽한 진실이란 과연 가능한 것일까? 우리가 쓴 가면은 영원히 벗겨지지 않을 수 있을까? 이 사건은 인생의 진실과 허상, 인간의 본질과 관계의 진정성에 대해 고민하게 한다. 삶의 태도에 있어 '가면'은 필요하다. 하지만 그것이 위선이 되어서는 안 된다. 결국 진정성은 가면 너머의 서로가 불완전하다는 것을 알고 이해할 때 피어나는 것이 아닐까. 나는 법정에서 만나는 수많은 인간의 모습 속에서 이 질문의 답을 찾아가고 있다.

인생에
공짜는 없다

☘

한때 부동산 업계의 신화로 불리던 김원철 사장은 시행업을 하다 100억 원의 부도를 내고 구속되었다. 전망이 불투명한 사업임에도 불구하고 분양이 잘될 것처럼 사업계획서를 허위로 작성했고 자신의 지인들이 분양자인 것처럼 서류를 꾸며 대출을 받아 그 자금을 함부로 썼다는 죄목이었다. 김 사장은 징역 5년 형을 선고받고 안양교도소에 수감됐다.

박재원 사장은 코스닥 시장에서 M&A를 진행하면서 인수하려는 기업 내부 자금을 함부로 사용한 횡령죄로 구속되어 3년 형을 선고받은 뒤 역시 안양교도소에 수감됐다. 교도소에서 같은 호실에 수감된 김 사장과 박 사장. 나이로 보나 입감된 순서로 보나 김 사장이 선배 격이었다.

구치소는 아직까지 판결이 확정되지 않은 피고인인 미결수들이 재판을 받기 위해 수감되는 곳이고, 교도소는 이미 판결이 확정된 피고인인 기결수들이 자신에게 부여된 징역형의 기간을 보내기 위해 수감되는 곳이다. 따라서 구치소에 수감된 미결수들의 관심사는 과연 형사재판에서 자신이 어느 정도의 형을 선고받을 것인지, 그리고 재판에서 자신에게 유리한 사항을 주장하려면 어떤 점을 주의해야 하는지에 집중된다. 반면에 일단 형이 확정되어 교도소에 수감된 기결수들은 앞으로 사회에 나가서 무엇을 해야 빨리 재기할 수 있을지를 고민하며, 아울러 가석방 등을 통해 최대한 빨리 출소할 수 있는 방법을 찾는 데 매진한다.

김 사장은 사회에 있을 때 하루 24시간이 모자랄 정도로 많은 미팅을 하고 업무를 진행해왔다. 그랬던 그가 교도소에 수감되고 나니 답답해서 미칠 지경이었다. 무언가 새로운 기회를 교도소 안에서라도 찾아야겠다는 초조한 마음에 사로잡혔다. 그러던 무렵 박 사장을 만나게 되었다.

교도소에 수감된 사람치고 억울하지 않다고 생각하는 사람이 없겠지만, 박 사장 역시 자신은 정말 억울하게 처벌을 받은 것이며 자금이 조금만 더 있었으면 M&A가 성공적으로 성사되었을 것이라고 말했다. 또한 자신은 지금 교도소에 있지만 파트너들이 현업에서 뛰고 있으며 아직도 좋은 거래 건들이 많이 있으므로 30억 원 정도만 조달할 수 있다면 수익성 높은 M&A를 성공시킬 수 있다고 자신했다. 이 말에 김 사장은 몇 번이고 박 사장에게 "그거

확실한 거요?"라며 확인을 했다.

*

죄를 지어 구속된 사람들 중에는 몇 사람의 죄를 대신 떠안고 오는 사람들이 있다. 수사 결과 관련자들 중 몇 명이 입건되지 않고 누락되는 수가 있는데 이때 입건된 사람들은 굳이 수사기관이 파악하지 못한 공범자들에 대한 범죄 사실을 밝히지 않는다. 그 사람을 보호해주려는 의도도 있지만 대부분은 다른 사람의 죄를 자신이 떠안고 옴으로써 나중에 사회에 나갔을 때 무언가를 부탁할 수 있는 계기를 마련해두려는 의도도 있다. 이를 두고 속칭 '보험을 든다'라는 표현을 쓴다.

김 사장 역시 부도 건으로 구속될 때 문제가 될 만한 사람 몇 명을 보호해줬는데 그중 한 명이 A은행의 한 지점장이었다. 주거래 은행이었던 A은행에서 50억 원가량 대출을 받으면서 김 사장은 한 지점장에게 상당한 액수의 리베이트를 제공했었다. 만약 이 사실이 알려지면 한 지점장은 '특정경제범죄 가중처벌 등에 관한 법률 위반죄'로 무거운 처벌을 받을 수밖에 없었다.

당시 수사기관에서는 김 사장의 자금 사용처를 집요하게 파헤치면서 금융권으로 자금이 흘러갔는지 여부를 밝히려 했지만, 김 사장은 끝까지 한 지점장에게 리베이트를 제공한 사실을 자백하지 않았다. 당시 한 지점장은 김 사장이 이 사실을 밝힐까 두려워 노심초사했다. 결과적으로 한 지점장은 김 사장 덕분에 형사처벌을 받지 않고 직장 생활도 계속할 수 있었다. 김 사장으로서는 한 지점장에게 '보험을 든' 셈이다.

박 사장으로부터 30억 원 정도의 자금을 조달할 수 있다면 높은 수익을 얻을 수 있다는 말을 들은 김 사장은 한 지점장을 떠올렸다. 그는 박 사장에게 넌지시 말했다.

"당신 파트너 중 믿을 만한 사람에게 A은행 한 지점장을 만나보라고 말해봐요. 내가 보내더라고 하고. 절대 무시는 못할 거요. 법인 몇 개를 앞세운 다음 1개 법인당 5억 원씩 대출받는 방법으로 자금을 조달하면 될 거요. 내가 한 지점장에게 별도로 편지를 보내놓을 테니."

김 사장은 이제 한 지점장의 죄를 덮어준 대가를 받아내겠다는 생각을 했다. 박 사장은 뜻하지 않게 교도소 안에서 M&A 자금을 조달할 기회를 마련하게 된 셈이었다.

난감해진 것은 A은행의 한 지점장이었다. 항상 목에 가

시처럼 걸려 있던 김 사장이 편지를 보내왔으니 말이다.

"조만간 누가 찾아갈 테니 저라고 생각하고 부탁을 잘 들어주세요."

아니나 다를까 며칠 뒤 찾아온 어떤 이는 다짜고짜 30억 원의 대출을 요구하는 것이 아닌가. 한 지점장은 진퇴양난이었다. 만약 요청을 거절할 경우에는 김 사장이 리베이트 건을 수사기관에 알릴 가능성이 있으며, 그렇게 되면 자신은 형사처벌을 받는 것은 물론 직장생활도 더 이상 할 수 없을 것이다. 그렇다고 김 사장 요구대로 자격미달의 회사에 30억 원을 대출해준다면 나중에 반드시 문제가 생길 터였다.

한 지점장은 며칠을 고민하다 결국 무리를 해서라도 대출을 해주기로 마음먹었다. 일단 눈앞의 불부터 끄고 보자는 심산이었다. 그는 박 사장이 보내온 파트너들과 함께 서류작업을 한 다음 본점 심사부에 허위 서류를 제출해서 기업 6개에 각 5억 원씩 합계 30억 원을 대출해주었다.

그 뒤 상황은 어떻게 되었을까? 박 사장의 파트너들은 대출받은 금액을 자기들 마음대로 사용하고 회사는 폐업시켜버렸다. 대출금이 회수되지 못하자 A은행은 대출 과정에 대한 감사를 진행했고, 그 결과 서류조작이 발각되어 한 지점장은 '특정경제범죄 가중처벌 등에 관한 법률 위반죄'로 구속 기소되었다. A은행은 한 지점장의 아파트에 대해서도 가압류 조치를 취했다.

나와 상담을 하던 한 지점장은 울먹이며 말을 했다.

"항상 불안했습니다. 결국 일이 이렇게 터지는군요. 김 사장과의 악연이 이런 결말을 낳았습니다. 전 이제 어떡하면 좋죠?"

한 지점장이 김 사장에게서 달콤한 리베이트의 유혹을 받았을 때만 하더라도 이런 엄청난 결과를 예상하지 못했으리라. 인간의 욕망은 끝없는 미로와 같다. 출구를 찾았다고 믿는 순간이 더 깊은 미로로 들어서는 입구인 것이다.

*

《채근담》에는 이런 구절이 있다.

"분수에 없는 복과 무고한 횡재는 만물의 조화 앞에 놓인 표적이거나 함정이다. 높은 곳에서 보지 못하면 그 거짓된 술수에 빠지지 않을 사람은 거의 없다. 명예와 부귀가 헛되이 사라지는 길을 직접 따라가 그 끝을 지켜보면 나의 탐욕이 저절로 가벼워진다."

자신이 죄를 덮어준 사람에게서 대가를 받아내기 위해 또 다른 범죄를 도모하는 교도소 안 사람들의 위험한 욕망. 반면 '내 보험금 돌려줘!'라는 섬뜩한 청구를 받는 악몽 때문에 불면의 밤을 지새우는 교도소 밖의 불안한 영혼들. 이들은 몸이 교도소 밖에 있든 안에 있든 상관없이 이미 마음의 교도소에 갇혀 있는 수감자 신세와 다를 바 없다.

직업적인 이유로 인해 정당하게 얻지 않은 부가 어떤 결과를 낳는지 반복해서 보게 되는 나로서는 간혹 탐욕스러운 마음이 들다가도 그 끝을 예상하고는 이내 곧 자신을 다잡게 된다. 결코 공짜가 없는 인생살이, 우리는 욕망의 미로와 양심의 저울 앞에 끊임없이 서게 된다.

은혜의
무게

☘

박정도 씨는 2년제 대학을 졸업하고 S유통에 임시직으로 입사한 후 성실함과 우직함을 바탕으로 4년 만에 과장 자리까지 승진했다. 어떤 일을 맡겨도 마다하지 않고 항상 최선의 결과를 만들어내기 위해 노력하는 그는 S유통 최 사장으로부터 깊은 신임을 받았다.

최 사장은 회식 자리에서 종종 "좋은 대학 나와서 머리만 좋은 친구들은 자기 이익밖에 몰라. 그런 직원 열 명이 박 과장 한 사람을 못 따라가. 박 과장은 우리 회사의 보물이지."라면서 공개적으로 정도 씨를 칭찬했다. 정도 씨 역시 그런 최 사장이 고마웠다. 평소 학벌에 대한 콤플렉스가 마음속 깊이 자리하고 있던 터라 최 사장의 인정과 칭찬을 통해 큰 힘을 얻었다.

하지만 호사다마(好事多魔)라 했던가. 최 사장이 정도 씨를 과장에서 차장으로 특진시킨 지 한 달쯤 되었을 무렵 정도 씨가 세 들어 살던 단독주택에 화재가 발생해 집이 모두 타버리는 불행이 찾아왔다. 다행히 정도 씨의 부인과 아이들은 당시 외출중이어서 인명피해는 없었지만 소방

서와 경찰의 감식 결과 화재가 발생한 원인이 정도 씨 부인의 잘못 때문인 것으로 밝혀졌다. 가스레인지 불을 끄지 않고 외출했던 것이다. 이 때문에 정도 씨는 집주인에게 배상금을 물어주고 새로 살 집을 얻어야만 했다.

당시 연봉이 3천 500만 원 정도였던 월급쟁이에게는 눈앞이 캄캄해질 만한 일이었다. 회사에 이 일을 이야기해야 할까 고민했지만 굳이 자신에게 도움이 될 것 같지 않았다. 그래서 다른 핑계를 만들어 그동안 한 번도 쓰지 않았던 일주일 휴가를 신청했다. 그 사이에 어떻게든 돈을 마련해볼 생각이었다. 은행에 가서 대출상담을 하고 주위 친척들에게도 연락을 해봤지만 결과는 신통치 않았다.

휴가를 마치고 복귀하던 날 최 사장은 정도 씨를 사장실로 호출했다. 한창 회사가 바쁠 때 일주일 휴가를 쓴 것이 영 마음에 걸렸던 정도 씨는 야단맞을 각오를 하고 사장실에 들어갔다. 들어서자마자 최 사장의 불호령이 떨어졌다.

"자네 말이야. 내가 자네를 얼마나 신뢰하고 있는지 잘 알면서 이럴 수 있는 건가? 정말 실망이네, 정말 실망이야!"

정도 씨는 머리를 조아리며 용서를 구했다.

"죄송합니다, 사장님. 회사일이 바쁜 줄 알면서 개인적인 일 때문에 오랫동안 자리를 비워서 죄송합니다."

"무슨 소리 하는 건가? 집에 불이 났다면서? 왜 그걸 이야기하지 않았나? 우리가 남도 아니고 정말 서운해. 얼른 자초지종을 말해보게."

예상치 못한 최 사장의 반응에 정도 씨는 그동안 맺혔던 마음의 응어리가 폭발하면서 서러운 눈물을 쏟아내며 상황을 설명했다. 정도 씨의 이야기를 경청한 최 사장은 그에게 필요한 자금이 얼마인지 물었다.

다음 날, 최 사장은 다시 정도 씨를 사장실로 불렀다. 그러고는 흰 봉투 하나를 내밀었다.

"이게…… 뭔지요, 사장님?"

"아무 소리 말고 이걸로 해결하게. 이건 회사 돈이 아니라 내가 개인적으로 마련한 돈일세. 큰형이 아우를 돕는 심정으로 주는 것이니 갚을 생각도 말게. 급한 일 빨리 해결하고 회사로 복귀하게."

정도 씨는 떨리는 손으로 감사의 인사와 함께 봉투를 받았다. 당장 급한 상황에 체면을 생각하며 사양할 여유가 없었다. 봉투에 담긴 돈의 액수는 1억 원, 정도 씨의 3년치 연봉과 맞먹는 액수였다. 정도 씨는 그 돈으로 집주인에게 배상금을 지급하고 자그마한 전셋집도 얻을 수 있었다. 말 그대로 벼랑 끝에서 구원의 동아줄이 내려온 기분이었다.

*

이 무렵 최 사장은 S유통의 사업영역을 점점 확대해나가고 있었다. S유통의 기존 사업분야인 전자장비 유통 외에도 당시 상승 국면에 있던 부동산 경기를 감안하여 부동산 시행업에도 진출하기로 했다. 부동산 전문가라는 사람들이 수시로 회사를 찾아와 최 사장과 회의를 했고, S유통은 부동산 개발을 목적으로 하는 자회사 'S에프엔씨(주)'를 신설했다.

최 사장은 S에프엔씨의 대표이사로 정도 씨를 선임했다. 정도 씨는 최 사장의 파격적인 인사 조처에 놀랐다. 자신에게 이런 기회가 주어지다니……. 정도 씨는 자신을 이렇게까지 믿어주고 지원해주는 최 사장이야말로 진정한 주군이며 자신의 남은 인생을 모두 최 사장을 위해 바친다고 해도 아깝지 않다는 생각을 했다.

그즈음 최 사장에게 조언을 해주던 몇몇 부동산 전문가들이 서울 동대문시장에 위치한 20층짜리 주상복합건물을 인수하는 것이 좋겠다는 제안을 해왔다. 전 건물주가 은행 빚을 갚지 못해 건물을 경매에 넘겼는데 이를 낙찰받은 다음 리모델링해서 다시 분양하면 엄청난 이익을 얻을 수 있다고 했다.

S에프엔씨는 최 사장의 지휘 아래 건물인수 프로젝트를 진행했다. 정도 씨가 명목상 S에프엔씨의 대표이사였지만 모든 결정은 최 사장에 의해 이루어졌다. 정도 씨의 역할은 결정된 사항을 충실히 집행하는 것뿐이었다. 대표이사가 직접 관리해야 하는 회사의 법인인감도 최 사장의 비서실에서 직접 관리했다.

S에프엔씨는 동대문 건물을 낙찰받기 위해서 A상호저축은행으로부터 300억 원을 대출받기로 했다. 이를 위해서는 관련자들의 연대보증이 필요했기에 모기업인 S유통법인과 S에프엔씨의 대표이사인 정도 씨, 대주주인 최 사장이 대출서류에 서명날인을 했다.

*

시간이 흘러 어느덧 3년이 지났다. 회사는 동대문 건물 프로젝트 외에도 5개의 부동산 프로젝트를 진행했다. 그 과정에서 정도 씨가 S에프엔씨의 대표이사로서 연대보증을 선 대출금액은 거의 천억 원에 이르렀다. 또 추가대출을 받기 위해 자회사를 몇 개 더 설립해야 했는데, 대표이사로 믿을 만한 사람을 세워야 한다는 최 사장의 요청에 따라 정도 씨의 동생과 처남 등이 명의를 빌려주었다. 물론 정도 씨의 동생과 처남도 신설법인 대표이사로서 여러 상호저축은행의 대출채무에 연대보증인으로 서명날인을 했다. 정도 씨는 최 사장이 이토록 자신을 믿어주는 것이 고맙고 자신의 존재가 최 사장에게 도움이 되는 듯해 뿌듯했다.

하지만 무리하게 일을 진행했던 것이 결국 화를 불렀다. 부동산 프로젝트 성패의 관건은 분양이다. 큰돈을 들여서 부동산의 소유권을 확보한 S에프엔씨로서는 분양이 순조롭게 진행되어 입주민이 계약금, 중도금, 잔금을 지불하고 건물에 입주를 해야 손해를 보지 않는다.

그런데 동시에 몇 개의 프로젝트를 무리하게 진행하다 보니 전체 분양률이 20퍼센트에도 미치지 못하는 사태가 발생했다. 최 사장은 하는 수 없이 사채업자들을 통해 급전을 조달했지만 이런 임시조치로 근본적인 문제를 해결할 수는 없었다.

결국 모기업인 S유통을 비롯하여 S에프엔씨를 포함한 전 계열사가 모두 부도처리되고 말았다. 게다가 대출 과정에서의 비리와 건축 인허가 과정에서 최 사장이 관계 인사들에게 뇌물을 준 것이 적발되어 최 사장까지 구속되었다.

그는 S에프엔씨의 대표이사로서 천억 원에 달하는 채무를 부담해야 하는 상황이 되었다. 정도 씨는 이리 뛰고 저리 뛰면서 상황을 수습하기 위해 최선을 다했지만, 버팀목 역할을 하던 최 사장의 빈자리가 너무 컸고 갚아야 할 부채 규모는 정도 씨가 어떻게 해볼 수 있는 수준이 아니었다.

설상가상으로 부실한 사업계획을 근거로 상호저축은행을 속여서 대출을 받은 혐의로 금융감독원으로부터 사기죄로 고발당해 검찰 수사를 받게 됐다. 금융감독원의 고발사실이 모두 유죄로 인정되면 정도 씨가 받게 될 법정형은 징역 5년 이상이었다.

정도 씨 말만 믿고 이름을 빌려준 그의 동생 역시 200억 원의 대출채무 연대보증인이 되어 신용불량자로 전락했고, 사채업자들이 수시로 정도 씨 동생의 집에 찾아가 가족들을 협박했다. 정도 씨 동생은 그들에게 "나는 이름만 빌려준 것이다."라고 항변했지만 소용없었다.

견디다 못한 정도 씨 동생은 가족들을 보호해야 한다는 생각에 부인과 합의이혼을 했다. 그리고 얼마 후 처지를 비관해 스스로 세상을 등지고 말았다. 정도 씨가 사업을 위해 동원했던 일곱 명의 친인척들은 그들이 연대보증한 채무를 갚지 못해 신용불량자가 되었으며 개인 소유의 재산까지 모두 경매처리되었다.

정도 씨는 이런 지경에 이르러서도 최 사장을 원망하지 않았다.

"지금 생각해도 사장님은 제게 은인입니다. 친척들은 저나 사장님을 원망하겠지만 전 아닙니다. 힘들 때 손을 내밀어주시고 저같이 못난 놈을 믿어주신 분이기에 저는 사장님을 원망하지 않습니다. 동생에겐 정말 미안합니다. 제가 동생을 끌어들이지 않았어야 했는데……. 그래도 사장님은…… 사장님은 절대 원망 안 합니다."

이상이 금융감독원으로부터 고발된 정도 씨를 변호하기 위해 서울구치소에 수감된 그를 만나서 들은 이야기의 전부다.

*

은혜라는 이름의 씨앗은 때로 예기치 않은 열매를 맺는다. 그것은 감사의 빛이 되기도 하지만, 갚아야 할 빚이 되어 삶을 짓누르기도 한다. 무게가 물체의 본질적인 속성이 아니라 사물에 작용한 중력의 크기이듯, 은혜의 무게는 그것을 받는 사람의 마음이 만들어낸다.

최 사장이 정도 씨에게 베푼 선의는 순수했을 것이다. 그 마음에 어떤 불순한 동기가 있었다고는 보이지 않는다. 문제는 선의를 받은 정도 씨의 마음이었다. 큰 선의를 받은 사람은 누구든 마음에 빚을 지게 되고 어떤 식으로든 마음의 빚을 갚아야 한다는 생각을 갖게 마련이다. 그 부담감이 정도 씨의 객관적이고 합리적인 판단력을 흐리고 여러 사람에게 돌이킬 수 없는 화를 끼치고 말았다.

어려움에 처한 사람에게 베풀었던 큰 선의. 그리고 그 선의에 깊이 감사하며 은혜를 갚으려고 했던 마음. 이 따뜻한 순환이 어디에서부터 잘못된 것일까? 은혜의 무게는 그의 삶을 무너뜨렸지만 끝까지 최 사장을 원망하지 않겠다는 정도 씨의 눈빛이 오래도록 잊히지 않는다.

법망 너머
천망

☘

"제 남편은 정말 억울합니다. 평생 제자만 가르치던 분인데……."

지방의 국립대학교에서 발생한 뇌물사건의 피의자인 윤 교수의 부인이 울먹이면서 나를 찾아온 것은 윤 교수가 구속된 바로 그날 오후였다. J대 국제경영학과 주임교수인 윤 교수는 교수임용을 부탁한 송 박사로부터 5천만 원 상당의 뇌물성 그림을 받았다는 이유로 경찰에 구속되었다.

그렇지만 윤 교수의 부인이 설명하는 사건의 전말은 달랐다. J대 경영학과 학과장이자 윤 교수의 선배인 배 교수가 어느 날 송 박사를 소개하면서 그의 교수임용 과정에 각별히 신경써줄 것을 부탁했다는 것이다. 그러나 강직한 성품을 가진 윤 교수에게 자신의 선배를 통해 인사청탁을 한 송 박사가 결코 좋게 보일 리가 없었다.

소문에 의하면 송 박사는 배 교수에게 상당한 금액의 현금을 주었다고 한다. 평소 고지식한 성품이 널리 알려진 윤 교수에게는 현금이 아닌 유명화가의 그림을 보냈다.

윤 교수의 부인이 그림을 택배로 받았을 때 윤 교수는

유럽에서 열린 경영학 콘퍼런스에 참석 중이었다. 윤 교수는 콘퍼런스를 마치고 집에 돌아오자마자 송 박사가 보낸 출처불명의 그림을 돌려보냈다. 또한 교수임용 심사과정에서 송 박사의 교수임용이 부적합하다는 의견을 냈다. 결국 송 박사는 심사과정에서 탈락했다. 이에 불만을 품은 송 박사는 자신이 윤 교수에게 5천만 원 상당의 뇌물을 건넸다고 경찰에 신고했고 사건이 형사 문제로 비화된 것이다.

윤 교수는 교수임용 심사를 진행하면서 선배인 배 교수의 체면을 생각해 송 박사 면전에 대고 싫은 소리를 하지 못했다. 송 박사가 면접 전 몇 차례 윤 교수를 찾아왔을 때 "열심히 준비해보게나. 최선을 다하면 좋은 결과가 있겠지."라고 마음에도 없는 덕담을 건넸다.

하지만 송 박사의 진술은 이와 전혀 달랐다. 그는 윤 교수가 교묘히 금품을 요구하면서 교수임용은 문제없을 거라는 식으로 말했다는 것이다. 송 박사는 작심하고 자신에게 나쁜 평가를 준 윤 교수에게 복수를 하려는 듯했다. 형법상 뇌물을 준 사람도 처벌을 받게 되는데 송 박사는 자신이 처벌을 받아도 좋으니 사회정의를 위해 진실을 꼭 밝혀야겠다는 입장이었다.

윤 교수 측에서는 받은 그림을 돌려줬다고 항변했지만 대법원 판례상 뇌물을 즉시 돌려주지 않았다면 이는 취득할 의사, 즉 '영득의사(領得意思)'가 있었다고 여겨진다. 그림을 즉각 돌려주지 않은 것이 결국 윤 교수의 발목을 잡은 것이다. 윤 교수는 자신이 당시 유럽 콘퍼런스에 참석하느라 바로 돌려줄 수 없었다고 항변했으나 경찰은 그 부분에 대해서는 크게 신경을 쓰지 않았다.

당시 공직기강을 바로 잡자는 분위기가 팽배해 있었기에 국립대학의 교수임용 비리사건은 언론에서 다루기 좋은 소재였고, 이 사건은 뜻밖에 크게 보도되어 사회적 이슈가 되었다. 그리고 이야기는 점점 더 왜곡돼 윤 교수가 자신의 지위를 이용하여 약자인 송 박사를 부당하게 농락했으며, 애초 예상했던 액수에 미치지 못하는 그림을 받게 되자 입장을 바꿔 송 박사를 떨어뜨린 것이라는 소문이 만들어졌다.

*

나는 구치소에서 윤 교수를 만났다. 그런데 의외로 윤 교수가 원망하는 대상은 송 박사가 아니라 자신의 선배인 배 교수였다.

"솔직히 전 배 교수가 더 원망스럽습니다. 도저히 송 박사 실력으로는 우리 대학 교수로 임용될 수 없습니다. 제가 알기로 배 교수는 송 박사로부터 현금 1억 원을 받았다고 합니다. 송 박사 부친이 부동산으로 돈을 좀 벌었다더군요."

그런데도 송 박사는 거액의 뇌물을 건넸던 배 교수에 대해서는 아무런 문제도 삼지 않으면서 윤 교수에 대해서만 비난하고 있었다. 나는 그렇다면 배 교수도 이 사건에 같이 끌어들이는 게 어떻겠느냐고 제안했다.

"윤 교수님 말씀을 듣고 보니 이 사건의 핵심은 배 교수입니다. 배 교수가 송 박사에게서 돈을 받은 것이 확실하다면 범죄신고를 하시는 게 어떻겠습니까? 그렇게 된다면 법원이나 검찰이 이 사건을 바라보는 시각도 바뀔 수 있습니다."

내 제의에 대한 윤 교수의 반응이 의외였다.

"차마 그렇게는 못하겠습니다." 윤 교수의 목소리가 떨렸다. "배 교수가 그동안 저에게 잘해줬습니다. 선배로서 잘 이끌어줬고요. 무엇보다 배 교수 노모가 지금 중환자실에 계시는데 제가 이 사실을 말하면 배 교수도 구속될 것이고……. 그런 상황은 제가 원하는 게 아닙니다."

그의 말 속에는 은혜와 배신, 분노와 연민이 복잡하게 얽혀 있었다.

"윤 교수님, 현재 교수님 혐의인 5천만 원 뇌물죄는 징역 3년까지 선고받을 수 있습니다. 하지만 사실상 주범(主犯)은 배 교수고 윤 교수님은 기껏해야 종범(從犯) 정도라는 점을 밝힐 수만 있다면 집행유예로 석방될 수도 있습니다."

나는 사건 전체의 구도를 바꾸지 않으면 모든 죄는 윤 교수가 뒤집어쓸 수 있다는 점을 강조했다. 하지만 윤 교수는 몇 번을 망설이면서도 차마 배 교수를 신고할 수는 없다고 말했다. 결국 설득은 통하지 않았고 나는 배 교수에 대한 부분은 배제한 채 윤 교수의 범죄사실에 대해서만 열심히 변론을 준비했다. 말은 그렇게 했지만 윤 교수도 사람인지라 섭섭한 마음은 도저히 어떻게 할 수 없었던 모양이다.

"정말 사람이 이럴 수 있습니까? 배 교수 말입니다. 단 한 번도 면회를 오지 않았습니다. 내가 자기를 보호해주려고 이렇게 노력하는데도요. 잠을 자다가도 분이 안 풀려 몇 번씩 벌떡벌떡 일어납니다. 그 사람 천벌을 받을 겁니다. 요즘 매일 밤 기도합니다. 법으로는 어쩔 수 없지만 제발 천벌을 내려달라고 말입니다."

나는 어차피 배 교수를 사건에 끌어들이지 않기로 한 이상 우리 사건에만 집중하자고 설득하면서 윤 교수를 달랬다. 결국 윤 교수는 뇌물죄로 기소되었고 구속 상태에서 형사재판을 받았다.

*

기소된 지 두 달쯤 지났을 때, 다음 재판 준비를 위해 윤 교수의 부인이 나를 방문했다. 그리고 그녀는 깜짝 놀랄 만한 이야기를 전했다.

"변호사님, 지난 주말에 중부고속도로에서 10중 추돌 교통사고가 났었는데요. 혹시 TV에서 보셨나요?"

매일 쏟아지는 뉴스 속에서 교통사고 하나를 기억하기는 쉽지 않았다. 내가 보지 못했다고 답하자 윤 교수의 부인이 조심스럽게 말을 꺼냈다.

"10중 추돌사고가 발생했는데 한 명만 죽고 다섯 명은 부상을 당했답니다." 잠시 침묵이 흘렀다. "그런데 그 한 명이 배 교수였어요. 배 교수만 그 사고에서 죽은 거예요."

그녀가 숨을 고르고 말을 이었다. "지금 학교가 발칵 뒤집혔습니다. 우리 남편은 구속되고 배 교수는 교통사고로 죽고……."

소름이 끼쳤다. 윤 교수가 그리도 구치소 안에서 저주를 퍼붓던 대상인 배 교수가 10중 추돌사고의 유일한 사망자라니……. 만약 윤 교수가 배 교수도 뇌물을 받았다는 사실을 수사기관에 밝혔다면 그는 구속되었을 것이고 그렇다면 배 교수는 교통사고를 당하지 않았을 것이다. 이 소식을 전해 들은 윤 교수도 놀라기는 마찬가지였다. 그는 한동안 말을 잇지 못했다.

윤 교수는 1심에서 징역 1년 6개월을 선고받았고 2심, 3심에서 1심의 형이 그대로 확정되었다. 윤 교수는 국립대학 교수직을 박탈당했지만 출소 후에 제자가 경영하는 회사의 고문으로 영입되어 지금도 활발한 집필과 강연 활동을 하고 있다.

*

노자의 《도덕경》에 '천망회회 소이불루(天網恢恢 疎而不漏)'라는 구절이 있다. '하늘의 그물은 굉장히 크고 넓어서

얼핏 봐서는 성긴 듯하지만 선한 자에게 선을 주고 악한 자에게 재앙을 내리는 일은 조금도 빠뜨리지 않는다'는 뜻이다.

온 세상을 네트워크로 엮어 놓은 월드와이드웹(www)보다 더 무서운 하늘의 그물. 사람들은 '다른 사람들은 모르겠지?'라고 생각하며 악행을 저지르고도 아무 일이 없기를 바란다. 하지만 하늘의 그물은 생각보다 촘촘한 모양이다.

눈에는 보이지 않지만 세상만사는 서로 엮여 있다. 마치 거미줄처럼 섬세하고도 강인한 인과의 그물이 때로는 축복으로, 때로는 저주로 화하여 우리의 모든 선택과 행동을 끈질기게 따라다닌다. 그리고 그 그물은 우리가 상상하는 것보다 훨씬 더 정교하게 짜여 있어서, 아무리 작은 선과 악도 결코 그냥 지나치지 않는다. 불완전한 법의 그물을 넘어선 더 크고 깊은 천망이 우리 삶의 틈새를 그렇게 채우고 있는지도 모른다.

외면해야 하는
사실

☘

30년간 중소기업을 운영했던 서예춘 씨는 아들에게 경영권을 물려주고 은퇴한 뒤 부인과 많은 시간을 보내며 뒤늦게 인생의 여유를 즐기고 있었다. 여느 때와 같이 부인과 뒷산 약수터를 산책하던 중 서예춘 씨는 그만 넘어져 다리를 접질리고 말았다. 어찌할 바를 몰라 괴로워하던 차에 마침 옆에서 운동을 하던 민경돈 씨가 다가와 서예춘 씨의 다리를 주물러주었다. 아들뻘인 민경돈 씨의 예의 바른 태도에 서예춘 씨는 그에게 호감이 생겼다. 그날 이후 둘은 종종 함께 산책을 할 만큼 가까운 이웃 사이가 되었다.

민경돈 씨가 돈 이야기를 꺼낸 것은 서예춘 씨를 만난 후 두 달쯤 되었을 때였다. 그날도 약수터에서 만나 같이 산책을 하고 있었는데 평소와는 달리 침울한 표정의 민경돈 씨를 보고 서예춘 씨가 이유를 물었다. 민경돈 씨는 우물쭈물하며 어렵게 이야기를 꺼냈다.

“제 처남이 뺑소니 교통사고를 냈습니다. 피해자와 합의가 되지 않으면 구속될지 모른다고 해서 급하게 합의금을 마련하는 중인데 천만 원 정도가 부족하네요. 여기저기 알아보고 있지만 쉽지가 않습니다."

천만 원 정도라면 서예춘 씨에게 전혀 부담되지 않는 돈이었다. 서예춘 씨는 슬쩍 운을 띄웠다.

"자네만 괜찮다면 내가 그 돈을 빌려주고 싶은데, 어떤가?"

그러자 민경돈 씨는 미안한 표정으로 대답했다.

"그런 뜻으로 말씀드린 것이 아닌데……. 그럼 어르신, 정말 죄송하지만 한 달 정도만 융통해주실 수 있겠습니까? 꼭 갚겠습니다."

한 달을 쓰겠다던 민경돈 씨는 돈을 빌려간 지 20일째 되는 날 서예춘 씨의 집으로 찾아왔다.

"어르신, 정말 감사합니다. 어르신이 주신 돈으로 합의를 잘 끝냈습니다. 덕분에 아내에게도 체면이 섰습니다. 정말 감사합니다."

거듭 감사의 인사를 전하면서 민경돈 씨가 서예춘 씨에게 내놓은 것은 빌려간 천만 원에 이자 명목으로 100만 원을 더한 현금과 산삼세트였다.

"어르신께서는 이자를 생각하고 빌려주신 게 아니라는 거 잘 압니다. 하지만 저로서는 정말 어려울 때 조건 없이 은혜를 베풀어주신 어르신께 감사의 표현을 꼭 하고 싶습니다."

서예춘 씨는 깜짝 놀랐다. 그동안 만났던 사람들은 하나같이 자신에게서 금전적인 이득을 취하려 하거나 일방적으로 도움을 받으려고만 했었다. 그런데 민경돈 씨가 이렇게 이자와 선물까지 챙겨주니 그가 무척이나 남다른 사람으로 여겨졌다.

*

그로부터 한 달 후, 민경돈 씨는 서예춘 씨에게 자신이 준비 중인 어떤 거래에 대해 이야기를 꺼냈다. 내용인즉 민경돈 씨의 친구가 M&A를 준비 중인데 3억 원 정도의 예치금을 걸어놓아야 그 거래를 성사시킬 수 있다고 했다. 현재 1억 원 정도의 자금이 모자라는 상황이며 민경돈 씨는 이 거래가 친구에게 얼마나 중요한 일인지를 알기에 꼭 도움을 주고 싶다는 것이다. 그는 서예춘 씨에게 필요한 자금을 빌려준다면 한 달 정도만 사용하고 돌려주겠다고 간곡히 도움을 부탁했다.

회사를 조금씩 키워오는 방식으로 평생을 경영해왔던 서예춘 씨에게 자금을 들여 다른 기업을 인수하는 M&A

는 생소한 분야였다. 민경돈 씨는 거래 구조에 대해 자세히 설명해주었다. 이야기를 듣고 별다른 의구심이 들지 않았던 서예춘 씨는 "친구가 어렵다는데 크게 한 번 도와주시오."라면서 선뜻 1억 원을 빌려주었고, 민경돈 씨는 한 달 후에 반드시 갚을 것을 약속했다.

서예춘 씨는 사실 민경돈 씨가 한 달 안에 돈을 갚을 가능성이 거의 없다고 보았다. 하지만 지금까지 그의 행동으로 봐서는 돈을 아예 떼먹을 것 같지는 않았다. 그런데 이번에도 민경돈 씨는 돈을 빌린 지 꼭 20일째 되는 날 서예춘 씨를 찾아왔다.

"어르신, 덕분에 제 친구가 거래를 성공적으로 마쳤습니다. 어찌나 고마워하던지요. 어르신은 정말 제 은인이십니다."

민경돈 씨가 내놓은 것은 빌려간 돈 1억 원에 이자 명목의 2천만 원과 고급 자기세트였다.

서예춘 씨는 "아니, 내가 이자놀이를 하는 사람도 아니고, 원금만 주면 되네."라면서 한사코 거절했지만 민경돈 씨는 꼭 받아달라고 부탁했다.

"아닙니다. 이건 제가 드리는 것이 아니라 친구가 감사의 표시로 드리는 겁니다. 담보도 없이 돈을 빌려주신 민음에 대한 저희의 작은 성의입니다."

이후 두 사람은 마치 부자지간처럼 가까운 사이가 되었다. 얼마 후 서예춘 씨의 부인이 폐암 진단을 받았을 때, 민경돈 씨는 자신의 인맥을 총동원해 실력 있는 의사를 수소문했고 한 달 만에 수술 일정을 잡아주었다. 이러한 민경돈 씨의 진심 어린 도움에 서예춘 씨는 더욱 깊은 신뢰를 갖게 되었다.

*

이렇듯 두 사람의 신뢰가 차곡차곡 쌓여가던 어느 날 민경돈 씨는 서예춘 씨에게 큰 부동산 프로젝트를 제안했다. 일전에 M&A를 성공한 친구가 추진하는 프로젝트인데 곧 개발계획이 발표될 지역의 부지를 미리 매수해놓으면 상당한 이익이 보장된다는 것이었다.

"어르신, 이번에는 단순히 돈을 빌려주시는 것이 아니라 아예 부동산에 공동지분을 설정하시는 것이 어떨까요? 제가 모든 거래를 중개하겠습니다. 등기부에 이름도 올리시고요. 노후를 위한 준비로 괜찮을 듯싶습니다."

서예춘 씨는 그렇지 않아도 여유자금을 운용하기 위해

몇 년 전부터 적당한 투자처를 물색 중이었다. 워낙 의심이 많고 철두철미한 성격이어서 그동안 주위의 여러 권유에도 쉽게 움직이지 않았다. 하지만 그동안의 처신을 볼 때 민경돈 씨에게는 자금을 맡겨도 될 것 같았다. 서예춘 씨는 펀드에 투자했던 자금 중 절반을 해약해 15억 원을 내주었다.

하지만 돈을 받은 민경돈 씨는 그날로 종적을 감추었다. 뒤에 확인한 바에 따르면 문제가 된 땅의 등기부에 서예춘 씨의 이름은 올라가 있지도 않았고, 심지어 그 지역은 개발계획이 예정되어 있지도 않았다. 모든 것을 확인한 서예춘 씨의 아들 서민호 사장은 내게 민경돈 씨에 대한 형사고소를 요청했다.

*

나는 고소장을 작성하기 위해 서예춘 씨를 만났다. 그런데 예상과 달리 서예춘 씨는 민경돈 씨에게 화를 내기는커녕 오히려 적극적으로 그를 변호했다.

"그 친구, 절대 그럴 사람이 아닙니다. 뭔가 말 못할 사연이 있어서 그런 걸 겁니다. 형사고소는 좀 더 있다가 해보는 게 어떻겠습니까?"

아들인 서민호 사장은 짜증을 내며 그를 타박했다.

"아버지, 그게 그놈 수법이라고요. 완전히 당하신 겁니다."

내가 고소장을 제출한 이후 민경돈 씨는 불심검문에 걸려 체포되었고 사건에 대한 수사가 본격적으로 진행됐다. 수사 결과 드러난 사실은 놀라웠다. 민경돈 씨는 사기 전과만 세 개였고 수법이 모두 똑같았다. 재력가들에게 접근해 친분을 쌓은 뒤 결정적인 순간에 투자를 제안하는 수법으로 목돈을 챙겨 달아나는 식이었다.

"아버지는 결코 누군가에게 사기를 당할 분이 아닙니다. 자식들에게도 얼마나 깐깐하고 치밀하신 분인데요. 그런데도 이런 일을 겪게 되다니, 정말 놀라울 뿐입니다."

서민호 사장은 민경돈 씨의 사기 수법에 혀를 내둘렀다. 나는 서예춘 씨 부탁으로 그와 민경돈 씨의 특별면회를 주선했고 그 자리에 함께 입회했다. 고개를 들지 못하는 민경돈 씨 앞에서 서예춘 씨는 살며시 민경돈 씨의 손을 잡았다.

"힘들지? 내가 어떻게든 문제가 커지지 않도록 노력해 봄세."

민경돈 씨는 눈물을 흘리며 고개를 숙였다.

“어르신, 정말 죄송합니다. 저도 친구의 꼬임에 빠져서 그만……. 전 절대 어르신을 속이려고 그런 게 아니었습니다. 돈을 모두 잃게 되자 도저히 어르신을 뵐 면목이 없었습니다.”

“그래, 그랬던 거구먼. 그럴 수 있네. 누구나 그럴 수 있네. 다 이해하네.”

민경돈 씨의 너무나 뻔한 거짓 사과에도 서예춘 씨는 고개를 끄덕이며 진심으로 민경돈 씨를 걱정하고 있었다. 면회를 마치고 나온 서예춘 씨는 나에게 민경돈 씨의 죄를 가볍게 할 수 있는 방법이 무엇인지 물었다. 나는 처벌을 원하지 않는다는 ‘처벌불원서(處罰不願書)’를 제출하는 것이 가장 좋은 방법이라고 알려주었다. 서예춘 씨는 단순히 법률적 해결책을 찾는 것이 아니라 마치 잃어버린 아들을 찾는 아버지 같았다. 나는 문득 정의와 용서 사이의 간극이 얼마나 깊을 수 있는지를 생각했다.

더불어 서예춘 씨는 아들에게는 비밀로 해달라면서 형사 변호사를 한 명 소개해달라고 부탁했다. 나는 내 후배 변호사를 소개해주었고 서예춘 씨는 직접 변호사 선임비를 지불하면서까지 민경돈 씨를 변호했다. 잃은 돈을 한 푼도 돌려받지 못했음에도 자필로 쓴 처벌불원서를 재판부에 제출했다.

나는 민경돈 씨의 사기 전과가 많았으므로 이번 사건에서 최소한 징역 3년 이상의 선고가 내려지리라 예상했지만 서예춘 씨의 노력으로 징역 2년에 집행유예 4년의 형을 선고받고 1심 판결 후 석방되었다.

그 이후 민경돈 씨와 서예춘 씨가 어떻게 지내는지는 알지 못한다. 다만 서예춘 씨가 내게 했던 말이 가슴에 오랫동안 남아 있다.

"절대 고의로 그러지는 않았을 겁니다. 전 눈빛을 보면 알아요. 진심으로 날 아꼈던 친구입니다. 그 친구가 나쁘게 되길 원치 않아요."

때로는 배신당한 신뢰조차도 그것이 진실했던 순간들을 지울 순 없는 것 같다.

*

어떤 의뢰인은 상황이 잘못되었음을 알고 있음에도 불구하고 굳이 잘못된 시각을 바꾸지 않으려 고집한다. 바로 서예춘 씨 같은 사람들이 그렇다. 이유는 무엇일까? 직시의 결과가 자기부정이 될 수도 있기 때문일까? 자신이 주었던 신뢰와 진심이 모두 부정된다는 것은 그동안의 자기 삶을 부정하는 것과 같을 것이다. 서예춘 씨가 마지막까지 놓지 못했던 것은 자신의 판단이 잘못되지 않았기를 바라는 마음이었을지도 모른다.

편견과 선입견을 배제하고 있는 그대로의 상황을 파악하고 이해하는 것, 이것이 바로 '직시(直視)'다. 자신이 보고 싶은 것만 보려는 유혹을 이겨내고 현실을 있는 그대로 받아들이는 것이다. 이는 결코 쉬운 일이 아니다. 변호사로서 의뢰인과 상담을 진행하다보면 자신의 상황을 직시하지 못하는 사람들을 많이 만난다. 그들을 돕기 위해 내가 할 일은 최대한 객관적인 시각에서 믿을 수 있는 자료를 제시해 의뢰인으로 하여금 상황을 직시하게 하는 것이다.

배신과 기만으로 얼룩진 관계 속에서도 순수한 진심을 지키려 하고, 깊은 상처 속에서도 용서의 빛을 찾아내려 하는 서예춘 씨의 이야기는 어쩌면 우리 모두의 이야기일지도 모른다. 사람을, 그리고 신뢰를 잃지 않으려 발버둥치는 우리의 자화상. 그것이 미망일지언정, 그것이 우리를 인간답게 만드는 것인지도 모른다.

그러나 가장 나쁜 거짓말은 우리 스스로에게 하는 거짓말이라고 한다. 타인의 신뢰와 진심을 악용하는 행위는 단순한 금전적 피해를 넘어 사람의 영혼에 큰 상처를 주는, 용서받기 어려운 범죄행위다. 이러한 현실을 있는 그대로 받아들인다는 것은 때로 우리에게 큰 고통을 안겨준다. 하지만 아프다고 하여, 돌이킬 수 없다 하여 우리의 삶에 분식(粉飾)을 할 수는 없다. 진심을 지키기 위해 진실을 회피하는 것은 더 큰 고통을 낳을 수 있기 때문이다.

서예춘 씨는 민경돈 씨를 진정 믿었던 것일까, 아니면 그 사람을 믿었던 자신의 모습이 애처로워 진실을 외면하고 싶었던 것일까. 서예춘 씨만 알고 있을 그 '진실'이 아직도 궁금하다.

상상도 못 할 일을
했을 때

☘

"변호사님, 저 기억하시겠습니까? 김 지점장입니다. 예전에 S랑 같이 술집에서 만났던……."

S는 10여 년 전 소송을 하면서 알게 된 사이인데 나이가 동갑이라 친구처럼 지내고 있었다. 휴대전화 너머에서 다급하게 들려오는 목소리에 당황하여 눈만 껌뻑거리다가 불현듯 한 장면이 떠올랐다.

6개월 전 어느 날 밤, S는 술 한잔하자며 전화로 나를 불러냈다. 꽤 오랜만의 연락이었다.

"미안한데 나 지금 아주 바빠. 내일 재판도 두 건이나 되고……."

"조 변호사, 내가 좋은 사람들 소개해줄 테니까 빨리 와. 매일 일만 하면 바보 돼."

나는 S의 요청에 못 이겨 강남에 있는 술집으로 갔다. 호화로운 실내장식으로 꾸며진 방 안에는 S를 비롯한 다섯 명 정도의 중년 남성들이 앉아 있었다. 당시 S는 연이은 M&A 성공으로 코스닥 업계에서 소위 '미다스의 손'으로 불리고 있었다. 그 입지를 증명이라도 하듯 그는 같이 있는 이들보다 어린 나이임에도 상석에 떡하니 앉아 있었다.

S가 자리에 있던 사람들을 소개해주었는데 그중 한 사람이 바로 ○○은행 김 지점장이었다. S는 김 지점장이 자신의 프로젝트에서 자금책을 담당하고 있다고 소개했다. 술이 몇 잔 더 돌아가자 S는 사람들에게 이렇게 말했다.

"딱 석 달 정도 보고 있습니다. 석 달 정도면 현재 주가를 두 배로 띄울 수 있습니다. 이번 프로젝트 구성원들은 산전수전 다 겪은 선수들로만 엄선했다는 거 모두 아시죠? 서로 믿으셔도 됩니다. 그리고 자금을 조달하는 주포(主砲)는 여기 김 지점장님 쪽에서 맡아주기로 했으니 한 번 멋지게 달려보죠."

S는 내게 귓속말로 속삭였다.

"조 변호사, A실업 주식 좀 사놔. 내가 말은 두 배라고 했지만 사실 세 배 이상은 주가를 띄울 거니까 말이야. 이런 기회를 놓치면 너무 아쉽지 않겠어?"

결국 그 자리에 모인 사람들은 S와 함께 A실업의 주가를 띄워서 차익을 실현하기 위해 모였던 것이다. 이야기를 들어보니 이들은 이미 유사한 거래를 두 건 정도 성사시켜서 꽤 많은 수익을 올린 상태였다.

인위적으로 주가를 띄우는 것은 시세조종이라고 해서

관련법에 따라 무거운 형사처벌까지 받을 수 있는 위험한 범죄행위다. 불법적인 행위를 하겠다는 말을 변호사인 내 앞에서 자랑스럽게 내뱉는 사람들의 모습에 어이가 없었다. 분명 예전의 S는 이러지 않았는데 연락이 뜸했던 사이에 괴물로 변한 것 같아 그 자리에 앉아 있는 것이 불편했다.

그러고는 그 일을 잊고 지냈는데 오늘에야 갑자기 김 지점장이 전화를 한 것이다. 다급한 목소리에 뭔가 일이 터졌음을 직감하고는 인터넷에서 A실업의 주가 그래프를 찾아보았다. 그래프가 롤러코스터 같은 움직임을 보이고 있었다.

*

김 지점장의 설명은 이랬다. 그날 이후 그 자리에 모여 있던 사람들은 서로 역할을 분담해서 A실업 주가를 띄우기 위해 고가매수주문, 통정매수주문 등 다양한 방법으로 이른바 '작전'을 펼쳤다. 주가를 인위적으로 띄우기 위해서는 자금이 필요했기에 200억 원 이상을 명동 사채시장에서 빌렸고, 자금을 빌리는 과정에서 김 지점장과 관련자들 몇 명은 연대보증을 섰다.

두 달 만에 A실업의 주가는 두 배 정도 상승했다. 그때부터 팀원들 사이에 의견이 엇갈렸다. 한 팀은 주가를 좀 더 올린 다음에 빠져나가자는 입장이었고 다른 한 팀은 이대로 일을 계속 진행하면 금융당국에 꼬리가 잡힐 테니 이쯤에서 그만두자는 입장이었다. 프로젝트의 지휘자였던 S는 주가를 더 올리자는 입장이었다. 결국 이에 반대하던 다른 팀은 작전을 중단하고 자신들만 차익을 보고 빠져나왔고, 주가는 몇 번의 하한가를 기록하다가 처음 작전을 시작할 당시의 반 토막이 되고 말았다.

문제는 여기서 끝나지 않았다. 주가가 별다른 호재 없이 급하게 오른 것에 의문을 품은 금융감독원은 정기적으로 대량 주문을 내고 있던 주식계좌를 조사했다. 김 지점장은 추적을 피하기 위해 부인과 처제 명의의 계좌를 사용했는데 금융당국은 이 부분까지도 모두 추적해낸 다음 김 지점장에게 어떻게 된 일인지 사실을 밝히라는 명령서를 보낸 상황이었다. 엎친 데 덮친 격으로 김 지점장이 연대보증을 섰던 작전 자금 200억 원을 제때 갚지 못하자 사채업자는 당장 막대한 이자를 내놓으라고 요구하고 있었다.

"S를 2년 전에 알게 되어 두 건의 시세조종을 통해 3억 원 정도를 벌었습니다. 월급쟁이가 몇 달 만에 3억 원을 번다는 것은 상상도 못할 일이잖아요. 눈이 뒤집힐 만한 일이었지요. 하지만 결국 이렇게 되었네요……."

결국 김 지점장은 금융당국의 조사과정에서 혐의가 입증되어 검찰에 고발되었고, 검찰은 관련법 위반으로 김 지점장을 기소했다. 김 지점장은 재판을 통해 징역 3년형을 선고받았다.

명동 사채업자들은 김 지점장이 갚지 못한 200억 원을 문제 삼아 민사소송(대여금 반환청구소송)을 제기해서 승소 판결을 받았고, 김 지점장의 집은 경매 처분됐다. 김 지점장의 가족은 졸지에 가장도 집도 잃어버렸다. 하룻밤 사이에 모든 것이 무너졌다.

김 지점장 입장에서는 S를 만나 두 건의 시세조종을 통해 3억 원의 이익을 맛본 것이 화근이었다. 손쉽게 이룬 성공에 욕심이 과해졌고 점점 더 깊이 일에 관여하여 200억 원 차용금에 대한 연대보증까지 선 것이다.

*

《법구경》에 이런 구절이 있다. "과죄미숙 우이이담 지기

숙시 자수대죄(過罪未熟 愚以恬淡 至其熟時 自受大罪)." 어리석은 사람은 죄를 지어도 죄의 업이 익기 전에는 그것을 꿀같이 여기다가 죄가 한창 무르익은 후에야 비로소 큰 재앙을 받는다는 뜻이다.

죄를 저지른 당장에는 아픔보다는 쾌감과 기쁨이 크겠지만, 쉽게 얻은 것은 쉽게 잃기 마련이다. 죄의 씨앗을 뿌려놓으면 그 죄는 시간이 흐르면서 서서히 싹을 틔우고 꽃을 피운 뒤 드디어 독의 열매를 맺는 법이다.

나 역시 젊은 시절에는 남의 성공 소식에 속이 쓰렸다. 상대적인 박탈감이 들어서였다. 하지만 세월은 박탈감을 지혜로 걸러내는 법을 가르쳐주었다. 지금은 그런 소식을 들으면 두 가지 생각이 고개를 든다.

'그 부를 얻기까지 과연 어떤 대가를 치렀을까, 얼마나 많은 것을 희생했을까?'라는 생각과, '그렇게 얻은 부가 과연 그 사람의 삶에 어떤 도움이 되었을까, 그 사람은 행복해졌을까?'라는 생각이 들곤 한다. 내가 이런 생각을 말하면 주위에서는 웃으며 "도사 다 되셨구먼." 하고 면박을 준다.

물론 돈이 있으면 편하다. 부인하기 어려운 사실이다. 또한 나이가 들고 인생의 지혜를 더 많이 깨닫게 된다고 해서 돈에 대한 날것의 욕망이 사라지는 것은 아니다. 다만 돈 앞에 겸허해질 수 있을 만큼의 지혜가 생긴 것뿐이다. 하지만 이런 지혜는 나이가 들면서 다양한 세상 경험이 쌓여야 얻을 수 있다. 세상이라는 바다 앞에서 우리는 모두 미숙한 항해자일 뿐이다. 때로는 순풍에 돛을 달고 때로는 폭풍우를 이겨내며, 천천히 나이 들어가면서 조금 더 지혜로워지는 것이, 우리가 받을 수 있는 가장 큰 축복일지도 모른다. 세월은 우리에게 겸허함을 가르친다. 어쩌면 나이 드는 것도 나쁘지 않다 싶다.

제가 뺑소니를
쳤다고요?

☘

노크 소리가 들리고, 잠시 후 비서인 혜민 씨가 주춤거리며 방에 들어오더니 어렵게 말을 꺼냈다.

"저…… 변호사님, 잠시 시간 괜찮으세요?" 혜민 씨는 잠시 망설이다 조심스럽게 말을 이었다. "상담드리고 싶은 일이 있는데, 제 언니 일이에요."

혜민 씨에게는 컴퓨터 엔지니어링을 전공하고 대기업 계열 SI 회사 부장으로 재직 중인 열 살 위 언니가 있다.

"언니는 우리 가족의 자랑이에요. 자기 일에 대한 열정이 남다르고, 유능해서 회사 내에서도 인정받고 있어요. 몇 년 내 임원 승진도 가능하대요. 그런데 언니는 자존심이 세서 자기 일은 아무리 힘들어도 가족에게도 얘기를 잘 안 해요. 그런 언니가 이번 일은 혼자서 감당이 안 되는지 제게 상의를 해왔어요. 집안일로 부탁드리는 건 도리가 아닌 줄 알면서도 언니에게 힘이 돼주고 싶어서요……."

혜민 씨 언니인 지원 씨가 처한 상황은 이랬다. 자신이 프로젝트 매니저를 맡고 있는 사이트 구축 프로젝트 진행 상황을 살피기 위해, 발주처가 있는 논현동 쪽으로 차를 몰고 가던 중이었다. 그날따라 큰길이 막혀 내비게이션의 안내를 무시하고 골목길로 급히 접어들었는데, 갑자기 '쿵' 하는 충격을 느끼고 브레이크를 밟았다. 지원 씨는 심장이 덜컹 내려앉는 것 같았다. 급히 차에서 내려 확인하자 초등학생 정도로 보이는 남자아이가 자전거와 함께 쓰러져 있었다. 눈앞이 캄캄하고 다리가 후들거렸다. 지원 씨는 아이에게 다가가 물었다.

"얘, 괜찮니?"

아이는 아무렇지 않게 무릎을 툴툴 털고 자전거를 일으켜 세운 뒤 말했다.

"네, 괜찮아요."

지원 씨는 불안했다. 아이의 몸을 여기저기 살펴보며 물었다.

"괜찮니? 진짜 어디 아픈 데 없어?"

아이는 대수롭지 않은 듯 "괜찮아요, 아줌마. 저 지금 학원 가야 돼요."라며 자리를 떠나려고 했다. 지원 씨는 혹시나 하는 마음에 명함 두 장을 아이 손에 쥐어줬다.

"그래도 모르니까 혹시라도 몸에 이상 있으면 아줌마에게 연락해야 한다. 알았지?"

"예."

아이는 건성으로 대답하고는 자전거를 끌고 자리를 떠났다. 지원 씨는 차에 오른 뒤 핸들에 이마를 기댄 채 방금 전 상황을 복기해봤다. 골목길 입구에 있는 과속방지턱을 보고 속도를 많이 늦춘 덕에 아이가 큰 충격을 받진 않은 듯했다. "휴……." 하는 깊은 숨을 내쉬며 이만하길 천만다행이라고 여겼다.

그런데 사흘 후 지원 씨 휴대전화로 문자 한 통이 왔다. 하루에도 수십 통의 문자가 오니 제때 바로 확인을 하지 못하고 오후 늦게 커피 한잔을 하며 밀린 문자를 체크하다가 발견했다.

"아이가 전치 3주 진단을 받았습니다. 그런데도 아무런 보호조치를 하지 않은 당신은 뺑소니를 친 겁니다. 잘 아시겠지만 뺑소니는 특가법 제5조의 3에 따라 최소 징역 1년 최고 징역 5년형에 처해집니다."

지원 씨는 순간 숨이 막히는 것 같았다.

'이게 무슨 말이지? 그리고 이 사람은 누구야?'

지원 씨는 다급히 컴퓨터를 켜고 '뺑소니', '특가법'이라는 키워드로 검색을 했다. 몇 단계를 거치니 다음과 같은 조문을 발견할 수 있었다.

특정범죄 가중처벌 등에 관한 법률 제5조의 3

(도주 차량 운전자의 가중 처벌)

① 「도로교통법」 제2조에 규정된 자동차·원동기장치자전거의 교통으로 인하여 「형법」 제268조의 죄를 범한 해당 차량의 운전자(이하 "사고 운전자"라 한다)가 피해자를 구호(救護)하는 등 「도로교통법」 제54조 제1항에 따른 조치를 하지 아니하고 도주한 경우에는 다음 각 호의 구분에 따라 가중 처벌한다.

1. 피해자를 사망에 이르게 하고 도주하거나, 도주 후에 피해자가 사망한 경우에는 무기 또는 5년 이상의 징역에 처한다.
2. 피해자를 상해에 이르게 한 경우에는 1년 이상의 유기징역 또는 500만 원 이상 3천만 원 이하의 벌금에 처한다.

'내가 여기에 해당된다고? 나는 도망치지 않았고 아이에게 연락처도 줬는데 어떻게 뺑소니란 말이지?'

지원 씨는 계속 마음을 졸이다 아무래도 직접 부딪쳐봐야겠다고 판단하고 문자를 보낸 번호로 전화를 걸었다. 한참 신호가 간 뒤에 어떤 남자가 받았다.

"저…… 아까 문자 받고 연락드렸는데요. 누구신지 여쭤봐도 될까요?"

"아니, 어쩌자고 그랬습니까? 애가 다쳤어요, 애가!"

"아, 정말 죄송합니다. 많이 다쳤나요? 어디를 어떻게 다쳤나요? 제가 그날 아이한테 물어봤을 때는 괜찮다고 했는데……."

"무릎이랑 허리, 다리에 전부 문제가 생겼어요. 우선 급하게 약식으로 진단해보니 전치 3주가 나왔는데, 정밀 진단을 하면 더 나올 수도 있어요."

'아, 그때 바로 병원에 데리고 가볼걸' 하는 후회가 밀려왔다. 남자가 말을 이었다.

"전 그 애 삼촌입니다. 애가 저녁 때 집에 들어와서 아프다고 끙끙대기에 어찌된 일인지 물어봤죠. 애가 그쪽 명함을 주더군요."

지원 씨는 당시 당황한 상태에서 아이가 괜찮다고 하는 말을 듣고 안심했는데, 어린 학생인 만큼 더 꼼꼼히 살폈어야 했다는 생각이 들었다.

"정말, 정말 죄송합니다. 제가 어떻게 하면 될까요? 치료비를 비롯해 피해 배상을 하겠습니다."

그러자 상대방 남자는 갑자기 말투가 거칠어졌다.

"이 양반이 우릴 무슨 가난뱅이로 아나? 돈 몇 푼 던져주면 된다 이거요? 대기업에 다니니까 우리 같은 사람이 우습게 보여? 그런 거야?"

지원 씨는 숨이 턱 막혔다. 그런 의도로 한 말이 아니었기 때문이다.

"성지원 씨! 똑똑히 들으라고. 내가 문자에 적어 보낸 것처럼 당신은 이미 뺑소니를 친 거야. 특가법에 따르면 징역형이야, 징역형!"

지원 씨는 억울했다.

"저기, 말씀 중에 죄송한데요. 전 뺑소니를 치지는 않았습니다. 아이에게 제 명함을 주고 아프면 연락하라고 했어요. 조카에게 물어보세요."

남자는 코웃음을 쳤다.

"제대로 좀 알아봐요. 교통사고 내고는 명함만 던져주고 간 경우에도 뺑소니예요. 당신, 법 좀 아나? 제대로 알지도 못하면서 어디서 큰소리야! 나중에 다시 전화할 테니 좀 더 알아봐두쇼!"

남자는 거칠게 전화를 끊었다.

*

지원 씨는 다시 '뺑소니'라는 검색어로 자료들을 더 찾아봤다. 놀랍게도 자기처럼 사고를 일으킨 뒤 피해자에게 명함만 건네고 간 경우에도 뺑소니로 처벌된 사례가 여럿 있었다. 운전자는 사고를 당한 사람에게 '필요한 구호조치'를 해야 하는데 그냥 연락처만 주고 간 경우에는 이러한 조치를 한 것으로 인정되지 않는다고 했다. 지원 씨는 문제가 더 커지기 전에 사과해야겠다고 생각하고 남자에게 다시 전화를 걸었다.

"죄송합니다. 분명 제 잘못입니다. 사과드립니다. 제가 어떻게 하면 될까요?"

지원 씨가 정중히 사과하자 남자는 태도가 조금 누그러졌다.

"그새 알아본 모양이군. 그래요, 당신도 재수 없었던 거지, 뭐. 빨리 이 일을 종결지읍시다."

"네, 알겠습니다. 말씀해주세요."

"조카가 몸을 다친 건 사실이고, 이 녀석이 앞으로 축구 선수를 하려고 준비 중인데 이번 사고로 어떻게 될지 모르게 된 거라 내가 형님, 그러니까 애 아버지랑 얘기를 좀 해봤는데, 현재 치료비랑 앞으로 발생할지도 모를 피해 배상까지 합쳐서 3천만 원 정도면 원만히 합의가 될 것 같은데…….”

지원 씨는 깜짝 놀랐다. 별로 세게 부딪히지도 않은 것 같은데 치료비가 3천만 원이라니, 너무 심한 것 같았다.

“제 잘못은 인정합니다만 3천만 원은 좀……. 합리적인 선을 제시해주시면…….”

남자는 갑자기 고함을 질렀다.

“합리적? 당신 지금 합리적이라고 했소? 당신 아들이 그렇게 다쳤다고 생각해봐. 이 양반 이거 안 되겠네. 당신 큰 회사 다니지? 거기 인사규정 한번 보라고. 징역형 이상의 형을 받으면 아마 당연면직될걸? 잘린단 얘기야. 내가 당신을 특가법 위반으로 고소하면 재판을 받게 되고 그럼 최소 징역형이야. 이건 단순히 돈 문제가 아니고 당신 직장이 걸린 문제라고. 내가 이런저런 사정 다 감안해서 신경써주려고 했더니 안 되겠네? 기분 상했으니 다음에 통화합시다!”

남자는 일방적으로 전화를 끊었다.

‘아, 징역형이라니……. 그리고 당연면직?’

지원 씨는 인트라넷에서 회사의 인사규정집을 내려받았

다. 입사 후 한 번도 보지 않았던 인사규정을 보니 남자 말대로 징역형 이상의 형이 확정되면 당연면직된다는 규정이 있었다.

'지금까지 어떻게 쌓아온 커리어인데…….'

지원 씨는 앞이 막막해졌다. 그때부터 아이 삼촌이라는 남자는 이틀에 한 번씩 전화를 걸어 돈을 내놓으라며 채근했고, 지원 씨는 이러지도 저러지도 못한 채 속만 끙끙 앓고 있다고 했다.

*

혜민 씨 이야기를 들은 나는 뭔가 수상한 점이 있다고 직감했다. 남자의 접근 방식에서 사기꾼 특유의 냄새가 났다. 나는 혜민 씨에게 번호를 받아서 지원 씨와 통화했다. 목소리에서 얼마나 겁을 먹었는지 알 수 있었다.

"지원 씨, 이 남자와 제가 직접 통화해볼게요."

"괜찮을까요? 혹시 그 사람이 기분 나쁘다고 고소라도 하면 어떡하죠?"

"걱정하지 마세요. 제가 요령껏 대응해보겠습니다."

나는 지원 씨가 알려준 번호로 전화를 걸었다.

"안녕하세요. 전 성지원 씨 사촌오빠 되는 조우성 변호사라고 합니다."

"네? 변호사…… 라고요?"

당황한 건지 언짢은 건지 알 수 없지만 썩 달갑지 않은 목소리였다.

"조카분 일은 정말 죄송하게 됐습니다. 제 동생이 일을 잘 처리하지 못했더군요."

"아, 네, 그렇죠."

"조카분이 전치 3주라고 들었습니다. 구체적인 진단명이 어떻게 되나요? 골절인가요? 염좌인가요? 아니면……."

"아, 그건…… 진단서를 다시 봐야 합니다. 분명 3주, 3주 맞아요."

상대는 긴장한 티가 역력했다.

"가능하면 아이 아버지와 직접 통화하고 싶습니다. 아이가 미성년자이니 친권자인 부모에게 법정대리권이 있지, 삼촌에게는 법정대리권이 없습니다."

상대방이 법조문을 들먹였던 터라 나도 일부러 법적인 용어를 구사했다.

"아니, 뭐…… 애 아버지가 저더러 이 문제를 좀 처리해달라고 부탁했어요."

"좀 이상합니다. 전치 3주라고 하면서 제 동생에게 진단서를 보여주지도 않았더군요. 거기다 배상금 3천만 원은 무슨 근거로 제시했는지 변호사인 저로서는 도저히 이해가 안 됩니다. 호프만(Hoffman) 방식인가요, 아니면 라이프니츠(Leibniz) 방식인가요?"

"아, 배상금 그거야 서로 타협하면 좀 조정할 수도 있는 문제고……."

조정이라니, 아무래도 수상했다. 좀 더 세게 밀어붙여야겠다는 생각이 들어 치고 나갔다.

"그리고 3천만 원을 주지 않으면 형사 고소해서 회사에서 잘리게 하겠다고 했다면서요? 동생이 녹음을 다 해놨습니다. 그건 형법상 '공갈죄'에 해당됩니다."

"아니, 변호사 양반, 지금 날 협박하는 거야?"

남자는 이제 반말로 을러대고 있었다.

"잘 들으세요. 제 동생이 사고 후 제대로 조치하지 않은 점에 대해선 처벌받으면 됩니다. 아시겠지만 특가법 제5조의 3 위반죄는 징역형 말고 벌금형도 있어요. 제 동생은 전과도 없고 현장에서 명함까지 주고 왔기 때문에 제가 변호하면 벌금형 정도 나올 겁니다. 그런데 마치 징역형

받는 것이 기정사실인 양 전제하고 겁을 줬지 않습니까?"

"그럼…… 서로 양보해서 천만 원에 합의하면 어때요?"

사기꾼의 가면이 서서히 벗겨지고 있었다. 이 정도면 뭐 더 볼 것도 없다 싶어 나는 마지막 일격을 가했다.

"한 시간 내로 제가 불러주는 번호로 아이 진단서 사진 찍어서 보내세요. 만약 진단서 안 보내면 당신을 협박, 공갈죄로 고소할 겁니다. 한 시간 내로 진단서 보내지 않으면 바로 법적조치 들어갈 테니 알아서 하세요."

왠지 마지막 통화가 될 것 같아 애써 아껴둔 한마디를 점잖게 얹었다.

"그리고 한 가지만 더 말씀드리죠. 일면식도 없는 사람에게 반말을 하는 것은 참으로 부적절해 보이네요."

난리를 치고 나서 30분이 지나자 지원 씨에게 전화가 왔다. 그 남자는 나와 통화한 후 지원 씨에게 전화를 걸어 일방적으로 통보했다고 한다. 서로 재수 없는 일에 휘말렸다고 생각하고 없던 일로 하자, 성질 고약한 변호사 오빠에게도 전해달라, 앞으로는 더 이상 전화하지 않겠다, 그런 내용이었다. 지원 씨의 목소리에는 아직 다 가시지 않은 긴장감이 서려 있었지만, 사뭇 안도감이 느껴졌다.

"변호사님, 어찌된 일인가요? 진짜 이대로 끝낼 수 있나요?"

사실 진짜 피해자 가족이라면 그런 식으로 접근하지 않았을 것이다. 짐작컨대 남자는 그날 현장에서 우연히 사고를 목격하고 아이에게서 명함을 확보했던 것 같다. 그리고 명함에 지원 씨 인적사항이 다 들어 있으니 충분히 협박 시나리오를 짤 수 있었을 터였다. 돈을 주기 전에 나와 상담을 해서 일이 해결되었으니 얼마나 다행인가. 부탁받은 나로서도 도움이 되어 다행이었다. 지식 없는 정의는 무력하고, 정의 없는 지식은 위험하다. 나쁜 의도로 법을 악용하는 자를 잘못 만나면 얼마나 큰일을 겪게 되는지를 생생히 경험한 사례였다.

*

세상에는 여러 격차가 존재한다. 그중에서 빈부 격차 못지않게 중요한 것이 '지식과 정보의 격차'다. 같은 상황에 처하더라도 개인이 가진 지식과 정보의 차이에 따라 대처 방법과 그 결과는 천차만별이다. 이러한 격차는 위기 상황에서 더욱 분명하게 드러난다. 위기에 처했을 때 무지는 공포가 되고, 지식은 방패가 된다.

대부분의 사람은 자신의 전문 분야가 아닌 영역에서는 취약할 수밖에 없다. 하지만 건강이나 법률처럼 한 번 잘못 대처하면 돌이킬 수 없는 결과를 초래할 수 있는 분야는 기본적인 상식은 갖추고 있어야 한다. 이것은 선택의 문제가 아니다. 부(富)는 내가 원한다고 해서 쉽게 축적하기 어렵지만, 지식은 의지만 있다면 얼마든지 체계적으로 축적할 수 있다.

다행히도 우리에게는 지식을 향한 문이 언제나 열려 있다. 가령 법지식의 경우 일상에서 마주치는 법적 문제들에 관심을 갖고, 문제가 생겼을 때 어떤 절차로 대응해야 하는지 미리 알아두는 것만으로도 큰 도움이 된다. 문제가 생겼을 때 허둥대지 않고 침착하게 대응하려면 평소의 준비가 필요하다.

하지만 더 중요한 것은 자신의 한계를 인정하는 지혜다. 모든 면에서 학식과 견문이 넓을 순 없다. 전문적인 지식이 필요한 순간에는 주저하지 말고 해당 분야 전문가를 찾아야 한다. 이는 자신을 지키는 현명하고 효과적인 선택이다.

구원투수
98다46082

☘

재무회계 전문가로서 대기업에서 경력을 쌓아온 최희철 씨는 10년 전 선배의 권유로 중소기업인 G기공에 취직했다. 중소기업은 매출이 많아도 자금관리가 제대로 되지 않아 흑자부도가 나는 경우가 많았기에 최 씨는 G기공에서 불필요한 자금 지출을 막는 소위 시어머니 역할을 톡톡히 했다. 덕분에 회사는 건실하게 성장할 수 있었고 3년 전 그는 재무담당최고임원(CFO)이 되었다.

그러다 창업주의 건강이 악화되어 경영 2선으로 물러나게 되자 외부에서 초빙한 전문 경영인이 대표이사로 영입되었고 G기공에는 여러 변화가 일어났다. 신임 대표는 그동안 G기공이 너무 안정 위주로 운영되었다고 판단하고, 공격적인 수주 활동으로 매출 외형을 키우고 싶어 했다. 본래 업종과 다소 무관해도 신사업 분야에 과감하게 투자하여 높은 수익을 올려야 한다고 강조했다. 새 대표가 매출 신장을 강조한 데에는 자신의 임기 연장 및 실적에 비례해서 받게 되는 인센티브 등을 고려한 계산도 어느 정도 깔려 있었다.

이래저래 걱정이 된 최 씨는 이런 큰 변화가 초래할 문제점을 창업주에게 따로 말씀드렸다. 하지만 창업주는 자신은 이제 뒤에서 지켜볼 테니 신임 대표에게 힘을 실어주어야 한다며 그를 설득했다. 창업주도 한편으로 신임 대표의 행보가 다소 걱정된 것은 사실이었다. 그래서 '최 이사가 그러더라'라는 간접화법으로 대표에게 신중한 경영을 주문했는데, 이 때문에 신임 대표는 최 씨에게 좋지 않은 감정을 갖게 됐다. 이후 최 씨는 대표와 부딪히는 일이 많아졌고 회사 내 입지도 점점 좁아졌다. 대표는 공공연히 "회사가 추진하는 방향에 불만인 사람은 나가야 하는 것 아닙니까, 절이 싫으면 중이 떠나야지."라며 그를 공격했다.

최희철 씨는 더는 견딜 수 없어 대표이사와 면담한 후 자발적으로 사표를 내는 형식으로 회사를 나왔다. 아쉬움이 많이 남았다. 왜 안 그렇겠는가. 청춘을 바친 회사였는데 말이다. 이후 최 씨는 석 달 정도 쉬다 개인사업을 시작했다.

최희철 씨가 퇴직하고 1년 뒤부터 G기공에 본격적인 문제가 발생했다. 그가 퇴사한 후 새 대표는 기다렸다는 듯 신재생에너지 분야의 사업에 30억 원을 투자하기로 결정했다. 최 씨가 CFO로 있을 당시 위험성을 지적하면서 성급히 투자하면 안 된다고 반대했던 바로 그 투자 건이었다. 30억 원 중 20억 원은 회사 유보금으로, 나머지 금액은 대출을 통해 진행됐다. 투자금 회수는 1년 내지 1년 6개월이면 충분하다고 대표는 장담했다.

그런데 자금이 집행되고 5개월 만에 사달이 나고 말았다. 투자를 받은 회사가 사실은 사기극을 벌인 것이었고, 그로 인해 G기공을 비롯한 여러 투자자가 크고 작은 피해를 보았다. G기공이 투자한 30억 원은 결국 손실 처리되었다.

한 번의 실수는 연쇄적인 문제를 불러왔다. 업계에서 G기공이 어려워졌다는 소문이 돌자 주 거래업체들이 주문을 축소했다. 나중에라도 문제가 생기면 제대로 물량 공급을 받을 수 없는 위험을 걱정한 것이다. 결국 G기공은 현금유동성 위기에 몰렸다. 그런 소문을 듣고 있자니 최희철 씨는 마음이 아팠다. 하지만 어쩌겠는가. 이미 자기 손을 떠난 일이었다.

*

그러던 어느 날 최희철 씨는 청천벽력 같은 연락을 받았다. A상호저축은행에서 온 법 조치 예고 통보서였다. 사정은 이랬다. G기공은 7년 전 A상호저축은행에서 5억 원 한도의 운전자금 대출을 받은 다음 이를 2년 단위로 연장하고 있었다. 최 씨는 재직 당시 회사 임원으로서 G기공의 대출 채무에 연대보증을 섰고, 퇴사 6개월 전에도 만기가 도래했을 때 대출 연장에 대해 연대보증인으로 서명을 했다. 그런데 회사가 어려워지면서 매월 내야 할 대출금 이자를 석 달째 내지 못하자 A상호저축은행은 대출금 회수에 돌입했고, 연대보증인인 최희철 씨에게 조치를 취한 것이었다. A상호저축은행은 최 씨 명의의 아파트를 가압류한다는 예고를 해왔다.

최희철 씨가 평생 직장인으로 일구어온 재산은 시세로 7억 원 나가는 아파트 한 채가 전부였다. 전 재산인 아파트가 곧 가압류당할 위기에 처한 것이다. 최 씨는 G기공 총무과에 연락해 대책을 물었지만 회사 사정이 어려운지라 책임 있는 답변을 들을 수 없었다. 다급한 마음에 주위 사람들에게 문의했더니 그나마 재산을 일부라도 지키려면 이혼을 하는 것이 좋겠다는 조언을 듣게 되었다.

최희철 씨가 부인과 이혼을 하고 재산 분할 명목으로 부인에게 아파트 지분의 절반을 넘겨주고 별거에 들어가라는 조언이었다. 안타깝지만 최 씨는 부인에게 이 같은 상황을 설명하고 설득했다. 부인도 그 방법밖에 없다면 어쩔 수 없는 일이라며 수긍했다. 하지만 마음은 착잡했다. 법적으로 이혼하고 따로 살게 되면 자연스레 관계가 소원해질 것 같아 걱정이 된 것이다.

자녀 문제도 있었다. 최희철 씨 부부의 외동딸은 올해 고3이다. 공부를 잘해서 대학진학도 좋은 결과를 기대하고 있는데, 부모가 이혼하고 실제로 별거에 들어가면 딸이 이 일로 상심해 공부에 전념하지 못할까 봐 크게 걱정이 됐다.

그럼에도 다른 수가 없었기에 부부는 이혼을 결정했다. 이혼을 하더라도 합의서를 잘 작성해야 한다는 말을 들었기에 인터넷 검색을 하다 계약서에 관해 내가 쓴 칼럼을 보고는 우리 사무실을 찾아왔다. 부부는 자신들이 작성한 합의서 초안을 보여주었다.

1. 이혼에 대한 책임은 남편에게 있다.
2. 재산 분할 및 위자료, 딸에 대한 양육비 명목으로 남편 명의의 아파트 지분 2분의 1을 아내 앞으로 이전한다.
3. 딸에 대한 양육은 아내가 책임진다.

나는 최희철 씨의 사정 얘기를 듣고는 과연 이혼이 최선인지 의문스러웠다. 뭔가 다른 방법이 있을 것 같았다.

"한 가지 확인 좀 하겠습니다. 이사님이 회사를 그만둘 때 관련 업체들에게 본인이 퇴직한다는 내용을 알려주신 적 없나요? 상호저축은행에 어떤 통보를 하신 바가 없나요?"

"제가 재무담당 이사였으니 상호저축은행과는 자주 만나서 일을 처리했거든요. 일신상의 사유로 이사직을 사퇴한다는 인사장을 보냈죠. 아울러 '연대보증한 건에 대해서는 더 이상 내게 책임을 묻지 말아달라'는 의사 표시도 했습니다. 그렇게 연락을 하긴 했습니다만 솔직히 당시만 하더라도 G기공은 잘나가고 있었기 때문에 제가 보증한 5억 원을 회사가 못 갚으리라고는 생각도 하지 않았죠."

"회사 퇴직한다, 내게 보증 책임을 묻지 말라, 이 두 가지를 상호저축은행 측에 밝히셨다는 거죠?"

"네, 그런데 이번에 상호저축은행으로부터 통보를 받고 그쪽 채권회수팀에 알아봤더니 제가 이미 연대보증인으로 도장을 찍었기 때문에 나중에 이사직에서 물러났다 하더라도 일방적인 통보만으로 연대보증 책임을 면할 수는 없다고 하더군요."

"혹시 연대보증 서명했던 대출 서류는 갖고 계신가요?"

"갖고 있진 않고 상호저축은행에 가서 받아올 수는 있습니다. 그런데 저희에겐 이혼 합의서가 더 급한데요."

"이사님, 일단 말씀드린 서류 일체를 빨리 갖다주세요. 이혼 말고 다른 해결책이 있을 수도 있습니다."

그는 선뜻 내 말을 믿지 못하는 눈치였다. 그러나 내가 빨리 서류를 챙겨서 가져다 달라고 재촉하니 그렇게 하겠다고 대답했다.

*

며칠 뒤 최희철 씨가 관련 대출 서류를 가져왔다. 대출의 종류를 살펴본 나는 내심 쾌재를 불렀다.

"이사님, 방법이 있습니다!"

회사 임원 자격으로 회사 채무에 보증을 섰는데 임원 자리에서 물러날 경우 보증 책임을 계속 부담해야 하는가를 두고는 논란이 있어왔다. 이와 관련해 중요한 대법원 판례가 있다. 바로 대법원 98다46082 판결이다.

원칙적으로는 임원 자리에서 물러나더라도 연대보증한 건에 대해서는 책임을 진다. 그러나 예외적으로 '특정 채무가 아닌 회사의 계속된 채무 일체에 대해서 보증 책임을 지는 경우', 즉 포괄근보증이나 한정근보증일 경우에는 임원이 회사의 임원직을 그만두면서 보증 책임을 지지 않겠다는 뜻을 금융기관에 통보했을 때는 보증 책임을 지지 않는다. 이것이 위 대법원 판례의 요지다.

"이사님이 G기공 이사직을 그만두면서 A상호저축은행에 이를 통보한 건 정말 잘하신 일입니다. 이 대출 서류를 보니 '장래에 G기공이 부담하는 채무 일체'에 대해 연대보증한다고 되어 있는데, 이는 포괄근보증 또는 한정근보증에 해당합니다. 이런 경우에는 이사직을 그만둘 때 일방적인 통보로 보증을 해지할 수 있습니다. 이사님은 회사를 퇴직하면서 이 사실을 A상호저축은행에 통보한 덕분에 보증인의 책임을 면하게 된 것입니다."

"네?"

최희철 씨는 깜짝 놀랐다.

"그럼 따로 소송을 해야 하나요?"

"아닙니다. 소송을 하면 시간과 비용이 많이 드니, 제가 상호저축은행 측에 내용증명을 보내서 상황을 정리하는 식으로 진행하겠습니다."

나는 최희철 씨의 대리인 자격으로 A상호저축은행에 다

음과 같은 내용을 담은 내용증명을 보냈다.

1. 최희철 씨가 G기공의 대출 채무에 연대보증한 것은 G기공의 임원 자격으로 인해 불가피한 것이었다.
2. 최희철 씨가 G기공의 이사직을 사임하면서 자신은 더 이상 연대보증 책임을 지지 않겠다는 점을 통보한 바 있다.
3. 최희철 씨가 연대보증한 G기공의 귀 상호저축은행에 대한 채무는 '포괄근보증 내지 한정근보증'이다.
4. 포괄근보증, 한정근보증의 경우 임원의 지위에서 연대보증한 보증인은 해당 지위에서 물러나면서 해지 통보를 할 경우 해지의 효력이 발생한다는 것이 우리 대법원의 일관된 입장이다(1999.1.15. 선고 98다46082 판결 참조).
5. 그럼에도 불구하고 계속 보증인으로서의 책임을 추궁하거나 재산에 대한 가압류 등을 할 경우에는 금융감독기관에 진정을 제기하는 등의 조치를 취할 것이다.

며칠 뒤 상호저축은행 담당자는 내게 전화를 걸어왔고 나는 법적인 설명을 더 자세하게 해주었다. 그는 최희철 씨에게 책임을 추궁해봐야 실익이 없겠다면서 그에 대한 절차는 진행하지 않겠다고 알려왔다.

"솔직히 제 실수로 이혼까지 해야 한다고 생각하니 정말 마음이 안 좋았습니다. 아내와 딸에게도 못할 짓을 하는 것 같았고요. 그런데 이렇게 내용증명 하나로 문제가 해결되니 정말……."

"네, 천만다행입니다. 저도 보람을 느낍니다. 이거 하나 받으시죠."

백지에 글자 크기 50포인트로 크게 출력해둔 문서였다.

98다46082

"이 대법원 판결이 이사님의 이혼을 막은 겁니다. 기념으로 간직하시죠."

"그렇군요. 놀랍습니다. 변호사님이 도와주지 않으셨다면 정말 우리 가족은 어찌되었을지 모를 일입니다. 정말 감사합니다. 나중에 제 딸도 법 공부를 시키고 싶습니다."

돌아가는 최희철 씨 부부를 배웅하는데 그들은 연신 고개를 숙이며 내게 인사를 했다. 그 모습을 보며 생각했다.

'한 가족을 살릴 기회를 주셔서 저야말로 감사합니다.'

법을 공부하길 참으로 잘했다는 생각이 드는 순간이었다.

*

인생에서 가장 힘든 순간은 해결책이 보이지 않을 때다. 최희철 씨 부부도 그랬다. 전 재산인 아파트를 지키기 위해서는 이혼이라는 극단적인 선택을 해야 한다고 생각했다. 하지만 판례 하나가 그들의 운명을 바꾸었다.

수많은 판례 하나하나에는 사연이 있다. 누군가의 위기에서 절박했던 순간, 치열했던 법정 공방, 법관들의 고뇌가 담겨 있다. 그리고 그 판례는 다시 또 누군가의 절체절명의 순간에 등판하는 구원 투수가 된다. 오늘의 98다46082 판결처럼 말이다.

삶이 막막할 때 우리는 흔히 어려운 선택을 할 수밖에 없다고 생각한다. 하지만 그 순간에도 우리가 미처 보지 못한 다른 길이 있을 수 있다. 법은 그런 우리에게 새로운 관점을 제시한다. 법조문은 우리가 지나온 길의 이정표이고, 판례는 단순한 기록이 아니라 과거의 경험과 지혜를 현재에 전하는 나침반이다. 그리고 앞으로도 수많은 사람들의 어둡고 막막한 순간을 밝히는 등불이 되어줄 것이다. 오늘 나는 그것을 다시 한 번 깨달았다.

세상은 강물처럼,
사람은 바위처럼

☘

고등학교 선배가 아들 문제로 상담을 하고 싶다며 사무실을 찾아왔다.

"가만히 있자니 바보가 된 것 같아서 말이야. 아들 녀석이 기대가 참 컸거든. 애비로서 뭐라도 해야 할 듯 싶어서 자넬 찾아왔네."

사연은 이러했다. 선배의 아들 준성 군은 대학 졸업 후 1년 넘게 구직 활동을 했다. 힘들게 노력한 끝에 중견기업 B사에서 서류 심사, 적성검사, 1차 면접을 통과했고 최종 심층 면접까지 마쳤다. 그로부터 4일 후 준성 군은 전화 한 통을 받았다. B사의 인사부서담당 차장이었다.

"곧 좋은 결과가 있을 겁니다, 하하."

준성 군은 전화를 받고 환호했다. 입사가 확실하다는 기쁨에 지난 1년간의 마음고생이 눈 녹듯 사라졌다.

그런데 그 후 일주일째 B사에서는 아무 연락이 없었다. 초조해진 준성 군은 B사에 문의전화를 했고, 뜻밖의 답변을 듣게 됐다. 며칠 전 발생한 대지진 여파로 B사의 일본 주 거래처인 K사가 올해 구입 물량을 대폭 줄이게 되었는데, 이 여파로 B사는 신규 직원 채용을 갑자기 보류하게 되었다는 것이다. 알고 보니 준성 군뿐 아니라 최종 면접을 본 다른 후보자들 모두 채용이 보류되었다고 한다.

"그 회사 들어가려고 준성이가 준비를 많이 했어. 인사 담당자가 전화까지 해서 '넌 합격한 것 같다'라는 뉘앙스로 말했잖아. 그런데 이렇게 일방적으로 말을 뒤집으니 얼마나 속이 상하는지……. 그래서 내가 좀 알아봤는데, 변호사 앞에서 아는 척을 하자니 좀 그렇긴 하지만……."

선배는 가져온 서류를 책상 위에 펼쳐 보이며 설명했다. 내용을 요약하자면 이렇다. 준성 군은 B사 입사에 필요한 중요한 절차를 모두 통과했고, 특히 인사부서 차장이 직접 전화를 해서 '사실상 합격이다'라는 통보를 했다. 그렇다면 준성 군은 B사와 정식 고용계약을 체결하지는 않았지만 대법원 판례가 인정하는 '채용내정 상태'로 볼 수 있다. 채용내정은 채용과 동일한 효과가 발생하는데, 회사가 일방적으로 채용을 보류한 것은 '부당해고'에 해당하므로 이 점을 법적으로 다퉈볼 수 있다는 것이다.

"준성이와 같은 상황에 처한 지원자의 아버지가 여기저기 알아본 내용이야. 우리가 소송을 제기해야 회사가 압박을 받을 거라더군. 그래서 자네에게 사건을 맡기러 온 걸세."

채용내정이라……. 쉽지 않은 개념을 찾아낸 것을 보니 어떻게든 싸울 방법을 찾아내려 노력한 흔적이 역력했다. 판례상으로는 분명 채용내정이라는 개념이 있으며, 이를 통해 회사가 노동자를 함부로 해고하지 못하게 규제하는 것은 사실이다. 하지만 이번 사안은 채용내정 법리를 그대로 적용하기엔 다소 무리가 있어 보였다.

채용내정은 회사가 정식으로 합격을 통보했음을 전제로 한다. 하지만 B사의 경우 인사부서 차장이 "곧 좋은 결과가 있을 것 같다."라고 말했을 뿐, 이것만으로 확정적으로 합격 통보를 했다고 볼 수 있을지 의문이었다.

또 하나, 채용을 보류하게 된 데에 B사 나름대로 합당한 이유가 있었다. 일본 주 거래처의 사정으로 인한 것이라 회사가 일방적으로 아무 이유 없이 합격을 보류한 것이 아니어서 전적으로 회사 책임으로 돌리기는 어렵지 싶었다. 나는 소송으로 진행하기에는 힘든 부분이 많음을 설명했다. 하지만 내 설명을 다 듣고도 선배의 뜻은 강경했다.

"소송이든 뭐든 법적 조치를 취해주게. 다른 아이들은 그렇게 할 것 같아. 우리 아들만 빠질 수는 없잖아. 그렇게라도 해줘야 애비 체면이 설 것 같아."

고민되는 문제였다. 법리상 유리하지 않은데 분풀이식

으로 소송을 제기한다면 결과는 뻔했다. 실리를 챙기지도 못하면서 선배나 준성 군이 소송 과정에서 겪을 스트레스가 너무 클 것이다. 나는 선배에게 한 번만 더 생각해보자고 말하고, 다음에는 준성 군과 같이 와 달라고 요청했다.

*

며칠 후 선배는 아들과 함께 찾아왔다. 준성 군은 첫인상부터 성실하고 반듯해 보이는 청년이었다. 이번 일로 상심이 컸는지 얼굴에 그늘이 져 있었다.

"준성 군, 내가 아버지 후배니까 삼촌처럼 생각해. 그나저나 직장 구하기 만만치 않지?"

준성 군은 겸연쩍게 웃었다. 나는 그에게 몇 가지 궁금한 사항을 물었다.

"최종 면접 후에 축하한다고 전화한 사람이 차장인가?"

"네, 인사부 김 차장님입니다."

"그 사람은 어떤 사람이야? 성격이라든가……."

"참 좋은 분입니다. 무엇보다 저를 인격적으로 대해주셨습니다."

"합격했으면 나중에 서면 통보를 하면 될 텐데 김 차장은 왜 서둘러 전화를 했을까? 준성 군 생각은 어때?"

"음, 아마 기쁜 소식을 더 빨리 알려주고 싶으셨던 것 같습니다. 저희가 워낙 초조해하니 마음 편하게 해주려고요. 그런 마음이 느껴졌습니다."

내 예상과 별반 다르지 않았다. 나는 본론을 꺼냈다.

"내가 볼 때도 김 차장이란 사람은 꽤 좋은 분 같아. 원래 회사 일 하는 사람은 나중에 책임지기 싫어서라도 말을 앞세우려 하지 않거든. 그런데도 미리 전화를 해준 걸 보면 성격이 대략 보여. 그런데 이번에 B사를 상대로 소송을 제기하면 김 차장 입장이 아주 곤란해질 것 같은데? 결국 김 차장이 전화한 것 때문에 일이 커진 거잖아."

"네, 사실 저도 그게 제일 마음에 걸립니다. 그런데 같이 면접을 본 친구 아버지가 소송을 하자고 워낙 강하게 주장을 해서……. 또 만일 소송을 해서 그 친구는 구제되고 저는 구제가 되지 않으면 어쩌나 싶어 불안한 것도 사실입니다. 어떻게 해야 할지 판단이 잘 안 섭니다."

대화를 통해 어느 정도 준성 군의 심경을 파악할 수 있었다. 나는 선배도 들었으면 하는 마음으로 준성 군에게 내 의견을 명확하게 밝혔다.

"준성 군, 난 B사를 상대로 소송을 제기하는 것에 반대야. B사 측에도 나름의 사정이 있어 보이거든. 준성 군으로서는 속이 쓰리겠지만 김 차장이란 사람이 악의를 품었던 것도 아니잖아. 오히려 준성 군에게 기쁜 소식을 빨리 알려주려고 전화를 했을 뿐인데 말이야. 그런 사람을 곤경에 빠뜨리는 건 옳지 않은 듯싶어. 안 그래?"

"……네."

"이렇게 하는 게 어떨까. 다른 친구들은 어떻게 할지 모르지만 준성 군은 오히려 고맙다는 이메일을 한 통 쓰고 작은 선물을 보내는 거야. 그리고 B사에 대한 마음은 깨끗이 접자. 다시 구직 활동하는 거지. 뭐, 좋은 기업이 B사 하나만 있는 것도 아니잖아? 아저씨가 도와줄 테니까."

준성 군은 고개를 돌려 아버지를 쳐다봤다.

"소송을 하다 보면 시간도 들고 무엇보다 마음고생을 많이 하게 돼. 내가 볼 때 지금 준성 군은 긍정적이고 적극적인 마음으로 구직 활동을 하는 게 더 중요해. 준성 군 이야기를 듣다 보니 김 차장은 좋은 사람인 것 같아. 좋은 사람과 소송까지 하는 것은 바람직하지 않잖아? 다시 출발하자. 변호사가 아닌 인생 선배로서 조언하는 거야."

준성 군의 표정이 한결 밝아졌다. 준성 군 역시 자기에게 호의를 베풀어준 김 차장의 입장을 생각하니 소송이 부담스러웠던 모양이다. 선배는 아들에게 뭔가를 보여주고 싶은 마음이 컸지만, 아들이 상황을 이해하고 소송을 하지 않기로 마음먹자 아들의 뜻에 따르기로 했다. 문제가 완벽하게 해결되진 않았지만 그래도 선배 부자는 처음 보았을 때보다 훨씬 홀가분한 표정으로 사무실을 나섰다.

*

그리고 몇 달이 흘렀다. 선배가 전화를 걸어와 그동안의 일을 알려왔다. 준성 군은 내 조언대로 김 차장에게 감사 메일과 작은 선물을 보냈다고 했다. 준성 군과 같이 면접을 본 다른 두 사람은 B사에 내용증명을 보내 법적인 조치를 취하겠다는 입장을 밝혔다. B사 고문 노무사는 B사에 책임이 없다는 반박 답변서를 보냈고 그 후 몇 차례 내용증명이 오가다 흐지부지되었다고 한다.

얼마 후 준성 군은 김 차장에게서 연락을 받았다. 일본이 아닌 중국 제휴사 관련 업무를 담당하는 부서에 신입사원으로 오지 않겠느냐는 전화였다. 이 소식을 전하는 선배의 목소리에서 흐뭇함이 물씬 느껴졌다.

“고맙네. 내가 경솔하게 굴어 일을 그르칠 뻔했어.”

사실 나는 어느 정도 짐작하고 있었다. 적어도 최종 면접까지 통과했다면 회사에서는 준성 군을 상당히 좋게 봤다는 얘기다. 문제의 김 차장은 인사부서 실무 책임자가 아닌가. 법리상 불리한데도 무리하게 소송을 진행해서 그 사람의 마음을 상하게 하느니, 오히려 예상하지 못한 쿨한 모습, 나아가 예의 바르고 겸손한 모습을 보이면 더욱 돋보일 터였다. 회사에서 사람은 언제든 또 필요한 법이다. 그렇게 강하고 멋진 인상을 남긴 입사지원자를 어찌 잊을 수 있겠는가.

치열한 소송에서 승소했을 때의 기쁨은 분명 크다. 하지만 소송을 말리고 대화로 문제를 풀도록 권유해서 좋은 결과가 나왔을 때 느끼는 기쁨 역시 그에 못지않다. 분쟁의 '결'을 제대로 파악하고 슬기롭게 문제를 해결한, 좋은 기억을 남긴 사건이다.

*

허욕에 들뜨면 한 치 앞도 볼 수 없다고 했다. B사의 사정과 김 차장의 입장을 생각하고, 딱 한 치 앞만 냉정하게 내다본다면 앞으로 어떻게 해야 할지 길이 보이는 문제였다.

나는 김 차장이 준성 군에게 호의를 베풀었던 것처럼 준성 군도 김 차장에게 호의를 베풀도록 조언했다. 상황이 바뀌면 김 차장이 준성 군을 다시 찾을 것이란 기대를 했던 것이다.

세상은 강물처럼 늘 바뀌지만, 사람은 강가의 바위처럼 쉽게 달라지지 않는다. 강산이개 본성난이(江山易改 本性難移), 강산과 달리 변하지 않는 사람의 본성은 한계임이 분명하지만 동전의 양면과도 같다. 한계와 단점은 상황이 바뀌면 가능성과 장점이 될 수도 있다. 상황보다 중요한 것은 사람이고 그 사람의 진심이다. 진심은 시간을 건너 다시 돌아오는 메아리와 같다.

법정에서 다투는 것이 능사는 아니다. 한 걸음 물러서서 상대방의 진심을 이해하는 것이 더 현명한 해결책이 될 수 있다. 높은 산에 올라야 메아리가 울리듯, 갈등 속에서 마음을 여는 것은 어려운 일이다. 하지만 답은 법정이 아닌 사람의 마음에 있고 진심 어린 마음은 언젠가는 돌아온다. 니체는 이렇게 말했다. "감사하는 사랑의 사슬은 의무의 사슬보다 더 무겁다."

한 사람을
살리는 일

☘

1994년 5월, 나는 육군 모 사단 법무부에 배속되었다. 사단 법무부는 법무참모(대위), 군검찰관(중위), 선임하사(원사/상사), 법무병(일반 병사)으로 구성된다. 그해 11월 중순의 일이다. 별 탈 없이 잘 굴러가던 우리 사단 법무부에 마뜩잖은 일이 생겼다.

"검찰관님, 신건이 접수됐네요. 이 녀석 좀 골치 아픈데요?"

나는 법무부 선임하사인 최 상사가 건네준 수사 기록을 펼쳐보며 범죄 사실을 확인했다.

> 피의자 양진수(가명)는 근무를 기피할 목적으로 1994년 11월 20일, ○○소재 ○○사단 ○○연대 ○○대대 화장실에서 문구용 커터칼로 자신의 오른쪽 손목을 두 차례 그어 전치 3주에 이르는 자상(刺傷)을 가했다.

"이렇게 제 몸에 칼 대는 놈들은 좀 힘들어지면 또 이런다니까요. 그냥 영창에서 얌전히 지내다가 만기 채우고 나가주는 게 주위 사람들에게도 좋은 겁니다. 쯧쯧."

군대에서 인사사고는 지휘관의 책임이다. 병사 한 명이 다치거나 죽으면 연대장부터 분대장까지 지휘관들이 전부 문책을 받게 된다. 따라서 이런 병사들은 '문제 사병'으로 분류될 수밖에 없다. 이 이야기를 들으면 '자기 몸을 다치게 했는데 왜 처벌을 받을까?'라는 의문이 생길 수 있다. 하지만 거기엔 그만한 이유가 있다. 군인의 몸은 자기 것이 아니라 국가 소유라는 우스갯소리가 있는데, 군형법의 관점에서 보면 이는 타당한 말이다.

군형법 제41조

① 근무를 기피할 목적으로 신체를 상해한 사람은 다음 각 호의 구분에 따라 처벌한다.

1. 적전(敵前)인 경우: 사형, 무기 또는 5년 이상의 징역

2. 그 밖의 경우: 3년 이하의 징역

군인은 국방을 위한 전력자원이므로 이를 함부로 손상하게 하는 행위는 군형법상 '근무기피목적사술죄'에 해당되고, 대개는 당사자가 제대할 때까지 영창 생활을 하도록 징역형을 선고받는다. 나는 최 상사에게 양 이병이 왜 그

런 짓을 했는지를 물었다.

"그쪽 부대 주임상사 말로는, 양 이병은 자대 배치를 받을 때부터 고문관이었답니다. 팔굽혀펴기를 세 개도 못 한대요. 게다가 행동도 느리고요. 중화기중대 소속이라 무거운 장비를 들고 빨리 움직여야 하는데 매번 말썽이었답니다. 이번이 세 번째 자살기도라는데 자대에서는 두 손 두 발 다 든 상태랍니다."

'근무를 기피할 목적'이라는 군형법상 문구에 눈길이 머물렀다. 과연 양 이병에게 '근무를 기피할 목적'이 있었던 것일까? 양 이병은 '근무를 기피할 목적'이 아니라 '죽을 목적'에 더 가깝지 않았을까? 물론 죽어버리면 당연히 근무를 못하게 되니 결과적으로는 근무 기피 목적에 해당할 것이다. 법적으로만 따져보면 어렵지 않은 사건이다. 절차에 따라 기소하면 군사법원은 양 이병에게 징역 2년형을 선고할 것이다.

*

잠시 후 법무참모(대위)가 사단장 보고를 마치고 돌아왔다.

"검찰관, 최 상사, 두 분 잠깐 제 방으로 오시겠습니까?"

법무참모의 호출에 나와 최 상사는 참모실로 들어갔다.

"양해를 좀 구하려고요. 이번에 근무기피목적사술죄로 구속된 양 이병 있죠? 우리 법무부에서 제대할 때까지 데리고 있으려고 합니다. 방금 사단장님 결재받고 오는 길입니다. 법무병으로 보직 변경될 거고요."

"네?"

최 상사와 나는 동시에 난감한 표정을 지었다. 최 상사는 볼멘소리로 말했다.

"참모님, 그런 사고뭉치를 법무부에 데리고 와서 어떻게 하시려고요? 만에 하나 자살이라도 하면 참모님이나 저 또한 징계를 피할 수 없습니다."

법무참모는 이해한다는 듯 고개를 끄덕였다. 그러더니 나직이 말했다.

"그 친구…… 불쌍하잖아요."

평소 원칙을 강조하며 군기 잡는 것으로 유명한 그의 입에서 불쌍하다는 말이 튀어나오다니, 나는 적잖이 놀랐다.

"구속된 그 친구 만나봤는데 참 착하더라고요. 체력이 안 되는 애를 중화기중대에 배치하면 어쩌자는 건지……. 다행히 컴퓨터를 잘 다룹니다. 제 방에 작은 책상 하나 놓고 밀착 관리하겠습니다. 두 분 신경 안 쓰이게 할 테니 제 뜻에 따라주시면 좋겠습니다."

법무참모가 사단장에게 이 제안을 했을 때 사단장도 깜짝 놀랐다고 한다. 자살시도를 한 병사를 자신의 책임하에 데려오겠다는 것은 큰 위험부담이었다. 그런 위험부담을 무릅쓴다니 당연히 놀랄 수밖에. 사단장은 법무참모로부터 몇 번이고 다짐을 받고 나서야 양 이병을 처벌하지 않기로 결정했다고 한다.

"그 친구 이대로 전과자 만들어서 내보내는 건 아무리 생각해도 옳지 않은 듯합니다. 젊은 친구 한 명 살린다 생각하고 좋은 마음으로 받아줍시다. 부탁합니다."

그렇게 해서 양 이병은 사단 법무부의 막내로 들어오게 되었다. 전입신고를 하는 그의 모습은 잔뜩 주눅이 들어 있어 보는 사람이 안쓰러울 지경이었다. 최 상사는 착잡한지 담배만 계속 피워댔다.

법무참모는 자기 방에 책상과 의자를 별도로 마련하고 그곳에 양 이병을 앉혔다. 1994년 당시만 해도 군대 내 컴퓨터 보급이 원활하지 않았다. 법무참모는 사비를 들여 용산에서 컴퓨터를 구입한 후 양 이병에게 내어준 것이다. 그렇게 양 이병은 법무참모의 '전속 PC병'이 되었다. 나와 최 상사는 양 이병이 잘 적응할 수 있을지 반신반의하며 미심쩍은 눈으로 그를 지켜보았다.

"이거 한번 보세요! 양 이병이 작성한 보고서입니다. 정말 깔끔하지 않습니까?"

법무참모는 양 이병이 작성한 보고서를 수시로 들고 나와 최 상사에게 자랑했다. 마치 '양 이병 잘하고 있잖아요?'라고 시위하는 모양새였다. 양 이병의 표정도 점점 밝게 바뀌어갔다. 어느새 실없는 농담을 할 정도가 되었다. 수요일 전투체육 시간에는 같이 족구를 하고 막걸리도 마시며 점차 한 식구가 되어갔다.

그러던 어느 날, 양 이병의 어머니가 떡이랑 음식을 가지고 찾아왔다. 법무참모실 문밖으로 양 이병 어머니의 인사말이 나지막이 흘러나왔다.

"감사합니다. 감사합니다. 우리 아들을 살려주셔서……."

나도 모르게 눈시울이 붉어졌다.

*

1995년 5월 초, 나는 다른 부대로 전출하라는 명령을 받았다. 법무참모께 거수경례를 하고 전출신고를 하는데 눈물이 핑 돌고 목이 메었다. 내심 당황스러웠다.

'아니, 이게 무슨 꼴인가. 스타일 구기게.'

헤어지는 연인도 아닌데 말이다. 법무참모도 당황하긴 마찬가지였다.

"조 검찰관, 남은 군 생활 잘하고, 언제 인연이 되면 법조인으로서 같이 일해봤으면 합니다. 건강하세요."

법무참모의 마지막 덕담이었다. 그로부터 세월이 많이 흘렀다. 나는 1997년부터 법무법인 태평양에서 변호사 생활을 시작했고, 법무참모도 전역을 해서 변호사가 되었다.

"그 친구, 불쌍하잖아요."

측은지심을 품었던 법무참모의 말이 아직도 귓가에 맴돈다. 상관의 마음 씀씀이에 감동했던 청년 장교 시절의 내 모습도 떠오른다. 피차 바쁘게 지내느라 자주 만나지는 못하지만 그래도 간간이 소식을 주고받았다. 좋은 사람들은 언제 어디서든 다시 만나게 되는 법.

*

사람을 살리는 것만큼 가치 있는 일이 있을까? 셰익스피어의 《베니스의 상인》에서 재판관으로 변장하여 안

토리오를 살린 포샤는 "자비가 정의를 완성한다(Mercy seasons justice)"라고 웅변한다. 자비는 엄격한 법의 정의를 넘어 완전한 정의를 이룬다는 것이다. 자비는 두 번 축복한다고 한다. 주는 사람과 받는 사람 모두를 축복한다는 것이다.

누군가에겐 사소한 일이 다른 누군가에겐 생명을 걸 정도로 절박한 일일 수 있다. 사람들은 대체로 자신을 기준으로 타인을 판단한다. 역지사지가 어려운 이유도 그 때문이다. 그래서 타인이 겪는 고통이 눈에 쉽사리 들어오지 않을뿐더러 눈에 보인다 해도 남의 고통이기에 그다지 실감나지 않는다. 하지만 우리가 인정으로 바라볼 때, 비로소 타인의 고통이 보이기 시작한다.

이제부터 관점을 바꿔서 상대에게 질문해보자. "당신은 왜 이런 것도 이겨내지 못하나요?"가 아니라 "당신에게는 매우 힘든 일이었군요. 잘 몰랐습니다. 제가 도울 수 있다면 돕겠습니다."라고 바꿔보는 것이다. 누군가가 내민 손, 누군가가 내보인 작은 관심이 절망에 빠진 한 사람을 나락에서 구할 수 있다. 그리고 한 사람을 살리는 일이 세상을 구하는 일이기도 하다. 자비는 세 번 축복한다. 주는 사람과 받는 사람, 그리고 그들과 함께한 이들에게.

복 짓는
피고인

☘

각종 부품을 제조하고 가공하는 세일정밀(주)의 정태섭 사장 이야기다. 그는 한 업체로부터 세일정밀 사업 부문 중 하나인 '자동차 부품 제조 부문'을 인수하고 싶다는 제안을 받았다. 당시 세일정밀은 몇 달간 극심한 자금난으로 곤란을 겪고 있었다. 은행에서 추가 대출을 받으려 했지만 담보가 모자라 쉽지 않았다. 어떤 식으로든 활로를 열어야 하는 절박한 상황이었다.

정 사장은 고민 끝에 자식 같은 사업 부문 하나를 넘겨서라도 운영자금을 마련해 세일정밀을 살려야 한다는 판단을 내렸다. 인수 제안자와 여러 차례 협상한 끝에 5억원에 자동차 부품 제조 부문을 넘기기로 하는 사업양수도 계약을 체결했다. 이렇게 융통한 돈은 가뭄 끝에 단비처럼 세일정밀을 일으키는 데 요긴하게 사용되었다.

하지만 뜻밖에도 정 사장은 이 일로 인해 업무상 배임 혐의로 고소를 당했다. 고소인은 세일정밀의 주주인 배중렬 씨였다. 고소인 배 씨의 논리는 이랬다. 자동차 부품 제조 부문은 세일정밀의 중요한 사업 부문 중 하나이므로 이를 다른 사람에게 넘기려면 상법상 주주총회 특별결의가 필요하다. 하지만 정 사장은 그런 절차를 거치지 않고 사업 부문을 넘겨버렸으므로 상법을 위반한 것이다. 그리고 대표이사가 주주들의 동의도 받지 않고 알토란 같은 사업 부문을 팔아버린 행위는 업무상 배임죄에 해당한다.

정 사장은 당황했다. 사업 부문을 넘길 때 계약서만 잘 쓰면 되는 줄 알았지 주주총회를 열어야 하는지는 몰랐던 것이다. 더욱이 매각 대금 5억 원은 전액 회사 운영에 사용되었다. 자신이 비록 상법상 절차를 어겼다고는 하지만 회사에 손해를 입히기는커녕 오히려 위기에 처한 회사를 구했는데 업무상 배임이라니, 정 사장은 눈앞이 캄캄했다.

배 씨는 경찰에 고소장을 제출한 후에도 계속해서 정 사장을 엄벌해달라는 진정서를 추가로 제출했고, 정 사장은 경찰서와 검찰청에 수차례 불려가 조사를 받았다. 그는 결국 기소되어 재판을 받게 되었다.

기소된 정 사장에게 사건 수임을 의뢰받아 형사재판의 변호를 맡게 된 나는 고소인이 정 사장을 고소한 진짜 속셈이 무엇인지부터 파악해보려 했다. 고소인 배 씨는 정 사장과 사회에서 알게 되어 친구처럼 지내는 사이로, 세일정밀의 성장 가능성을 보고 5년 전에 2억 원을 투자했다.

그런데 세일정밀이 기대만큼 빨리 성장하지 못하자 마음이 바뀌어 투자금을 돌려달라고 정 사장에게 요구했던 것이다.

사실 법적으로는 정 사장이 배 씨에게 투자금을 반환할 의무가 없다. 왜냐하면 돈을 넣고 주식을 받아가는 '투자'는 돈을 빌려주고 나중에 기한이 지난 뒤에 무조건 이를 돌려받을 수 있는 '대여'와 성격이 다르기 때문이다. 예를 들어 어떤 이가 K라는 코스닥 종목이 유망할 것으로 보아 주당 5천 원에 매수했는데, 몇 달 뒤 해당 종목 주가가 2천 원으로 떨어졌다고 해서 K사에 '내가 당신네 주식을 5천 원에 샀다가 손해를 봤으니 투자 원금을 돌려달라'고 요구할 수 없는 것과 같은 이치다. '투자'에 따른 손실은 어디까지나 투자자 자신이 책임져야 한다.

이처럼 정 사장에게는 배 씨의 투자금 반환 요구를 들어줘야 할 법적인 의무가 없다. 하지만 정 사장은 도의적으로 미안한 마음에 빚을 내서라도 배 씨에게 투자금을 돌려주려고 했다. 하지만 여의치 않았다.

배 씨는 사업양수도대금 중 일부를, 자신의 투자금을 돌려주는 데 쓰기를 바랐다. 하지만 정 사장이 양수도대금 전액을 회사를 살리는 데 사용하자 앙심을 품고 절차상 하자를 문제 삼은 것으로 보였다. 이처럼 고소인의 의도는 불순했다. 하지만 이런 점이 수사 과정에서 충분히 드러나지 못한 듯했기에, 나는 재판 과정에서 이 부분을 집중 부각하기로 마음먹었다.

형사재판 제1차 공판 기일, 나와 정 사장은 재판 시간인 11시보다 30분 앞서 법정에 도착했다. 정 사장은 많이 초조해했다. 우리는 방청석에 앉아 먼저 진행되는 사건을 지켜보았다. 11시 이전 사건들은 전부 국선변호 사건이었다. 예정된 다섯 건의 국선변호 사건 중 네 번째 사건 공판이 시작되었다.

*

사건의 내용은 이랬다. 피고인은 23세 남자로 유흥주점 아르바이트생인데 현재 구속 상태였다. 사건 당일 자신이 일하던 유흥주점에서 서빙을 하고 있었는데, 술에 취한 남자 손님과 옆자리에 있던 젊은 여자 손님 사이에 시비가 붙었다. 피고인은 싸움을 말리려고 나섰다가 남자를 밀치게 되었는데, 넘어진 손님은 치아가 두 개 부러지고 안면에 찰과상을 입어 전치 6주 진단을 받았다.

사건 자체로 봐서는 피고인이 억울해 보였다. 하지만 피해자가 심한 부상을 입은 것이 문제였다. 이런 사건은 가해자와 피해자 사이의 합의가 중요하다. 유흥주점 사장은 나 몰라라 발뺌을 했고, 피고인은 집안 형편이 어려워 합의를 하지 못한 모양이었다. 이런 상황을 두고 '정당방위 아니냐?'라고 반문할 수도 있겠지만 우리 법상 정당방위는 사실상 거의 인정되지 않는다. 따라서 피고인은 상해의 가해자, 손님은 피해자일 뿐이었다.

피고인은 2년 전에도 오토바이 교통사고로 벌금 전과를 받은 적이 있어 만약 이번에 합의를 보지 못하면 실형이 선고될 가능성도 있었다. 한편 피해자는 법원에 진정서를 제출해 피고인의 강력한 처벌을 원한다고 밝혔다. 자기는 다쳐서 아프고 병원비도 많이 나왔는데 피고인이 아무런 조치를 하지 않으니 단단히 화가 난 모양이었다.

재판을 담당한 판사가 피고인을 딱하게 쳐다보더니 국선변호인에게 물었다.

"이 사건 합의 안 됩니까? 피고인이 고의로 그런 것 같지는 않은데……."

국선변호인은 난처한 표정을 지으며 대답했다.

"피해자가 워낙 완강합니다. 합의금을 요구하는데 피고

인의 가정 형편상 감당하기 어렵습니다."

판사가 다시 물었다.

"피해자가 요구하는 합의금이 얼마입니까?"

"천만 원입니다. 치료비와 향후 발생할 후유증까지 포함한 금액이랍니다."

판사는 한숨을 내쉬었다.

"거참, 적은 금액은 아니지만 피해 정도에 비하면 합의금이 과도한 건 아닌데, 방법이 전혀 없습니까?"

그때 한 아주머니가 다리를 절뚝거리며 판사 앞으로 걸어 나왔다. 법정 경위가 다급히 제지하자 아주머니는 두 손을 모으며 말했다.

"판사님, 제가 저 아이 엄마 되는 사람입니다."

판사는 경위에게 괜찮다고 손짓을 했다. 아주머니는 고개를 들지 못하고 울먹이며 말을 이었다.

"판사님, 자식을 잘못 키워 정말 죄송합니다. 제가 이렇게 다치는 바람에 다니던 식당에서 잘려서 아이가 돈을 벌겠다고 나갔다가 이렇게……."

흐느껴 울던 아주머니는 수형복을 입은 아들을 쳐다보고는 더 이상 말을 잇지 못했다. 판사도 당혹스러운 표정을 지었다.

"저기, 어머니, 피해자와 합의를 볼 수는 없습니까? 합의가 되면 벌금이나 집행유예도 가능합니다."

"남편이 오래전에 병으로 세상을 떠나고 혼자서 아들을 키웠습니다. 모아놓은 돈이 전혀 없습니다. 판사님, 저 애를 풀어만 주시면 같이 열심히 일을 해서 어떻게든 합의금을 마련해보겠습니다."

아주머니는 눈물만 계속 흘렸다. 판사는 미련이 남는 듯 계속 국선변호인을 쳐다보았지만 어찌할 도리가 없다며 재판을 종결지었다. 검사는 징역 1년을 구형했고 선고일은 2주 후로 정해졌다.

그때 갑자기 정 사장이 내 손을 끌었다. 나는 정 사장에게 이끌려 법정 밖으로 나왔다.

"변호사님, 제가 저 청년의 합의금을 대신 내줘도 되나요? 다른 사람이 합의금을 대신 내줄 수도 있습니까?"

"네?"

나는 무슨 말인가 하여 잠시 어리둥절했다. 정 사장의 얼굴에는 걱정이 가득 담겨 있었지만, 그의 눈빛에는 이미 답이 정해져 있었다.

"뭐, 합의금이야 피고인이 동의만 하면 대신 내줄 수 있죠."

"합의되면 저 청년은 풀려날 수 있는 건가요?"

곧 자신의 형사재판을 앞둔 사람이 남 걱정을 하고 있었다.

"네, 합의만 되면 정상참작이 되니 벌금형이나 집행유예로 석방될 수 있습니다. 아까 판사님도 그런 취지로 말씀하셨고요."

정 사장은 흐뭇한 미소를 지었다.

"아, 방법이 있군요. 저 아주머니를 보니 돌아가신 어머니 생각이 나서 말이에요. 변호사님, 제가 돈을 준비할 테니 저 청년에게 도움이 되도록 손을 좀 써주십시오."

재판 기록에 나와 있는 정 사장의 이력을 보니 홀어머니 밑에서 자랐음을 알 수 있었다. 그래서 가난한 젊은이의 안타까운 사정에 감정이입이 되었던 건가. 나는 갑자기 바빠졌다. 사건을 마치고 법정 밖으로 나오는 국선변호인에게 긴히 할 말이 있으니 연락하겠다고 하고 서로 명함을 교환했다. 나와 정 사장은 서둘러 재판을 받으러 법정으로 들어갔다.

그날 정 사장 재판은 간단히 끝났다. 검찰은 고소인 배 씨를 증인으로 신청했다. 한 달 뒤 다음 기일에는 배 씨에 대한 증인신문이 진행될 예정이었다. 재판을 마친 뒤 나는 아르바이트생의 국선변호인에게 전화를 걸어 전후 사정을 설명했다. 국선변호인도 이 사건이 못내 마음에 걸렸던 모양인지 정 사장의 제안에 단 한 번의 머뭇거림도 없이 "정말 고맙습니다."라고 답했다.

일은 순조롭게 진행됐다. 국선변호인이 피해자에게 연락해서 합의금 천만 원이 준비됐다고 밝히고, 합의금을 받으면 처벌불원서를 써주겠다는 확답도 받았다. 나는 정 사장에게서 합의금을 받아 이를 국선변호인에게 전달했다. 국선변호인은 합의금을 피해자에게 송금하고 피해자에게서 처벌불원서를 받아 법원에 제출했다. 2주 후 아르바이트생은 징역 6개월에 집행유예 1년형을 선고받고 바로 석방됐다.

*

한 달 후 정 사장의 공판 기일이 돌아왔다. 고소인이자 검찰 측 증인인 배 씨가 정 사장의 업무상 배임 협의를 입증하기 위해 출석했다. 검찰 측의 간단한 주신문(主訊問)이 끝난 뒤 나의 반대신문이 이어졌다. 나는 정 사장의 일 처리 가운데 주주총회 특별결의를 거치지 않은 절차상 하자가 있긴 했지만, 회사와 주주에게 손해를 끼칠 의사는 전혀 없었으며 해당 사업 부문 양도는 오히려 회사를 살리기 위해 꼭 필요한 조치였음을 밝히기 위해 치열한 법정 공방을 벌였다. 하지만 배 씨는 철저히 자기 입장에서 정 사장의 잘못이 분명하다는 점을 일관되게 주장했다.

이렇게 주신문과 반대신문이 끝나고 나면 재판장인 판사의 간단한 보충신문이 진행되게 마련이다. 그런데 재판장의 보충신문은 무려 한 시간이나 계속됐다. 재판장은 고소인이 자금을 돌려달라고 계속 요구하다 뜻대로 되지 않자 정 사장을 업무상 배임죄로 고소하고 수사기관에 여러 차례 진정서를 제출해 정 사장을 곤경에 빠뜨린 부분을 집요하게 추궁했다.

"고소인! 고소인은 세일정밀이 잘되기를 바라는 겁니까, 아니면 본인 투자금을 빨리 회수하고 싶은 겁니까? 말로는 세일정밀을 위해 고소한다고 하지만, 결국은 본인이 투자한 자금을 회수하기 위해 피고인을 압박할 목적으로 무리하게 고소한 거 아닌가요?"

고소인은 재판장의 예리한 질문에 당혹스러움을 감추지 못했다. 재판 분위기가 우리에게 유리한 방향으로 흘러가는 듯했다.

두 달 후, 형사재판 1심에서 정 사장은 무죄를 선고받았다. 회사의 특정 사업 부문을 제3자에게 양도하면서 주주총회를 거치지 않아 절차상 하자가 있지만, 첫째, 그 특정 사업 부문이 당시 왕성한 매출을 일으키는 등 중요한 사업 부문으로 보기 어려운 사정이 있어 해당 사업 부문의 양도에 반드시 주주총회 특별결의가 필요하다고 보기 어렵고, 둘째, 사업 부문 양도 대가는 전액 회사에 귀속되어 사용되었으므로 회사에 손해가 있다고도 볼 수 없으며, 셋째, 양도 대가도 적정하게 산정되었고, 넷째, 고소인은 자신의 투자 지분을 회수하려는 의도에서 피고인에 대한 압박 수단으로 이 사건 고소를 진행한 정황 등이 보이는 점 등을 종합적으로 고려했다는 것이 무죄 판결의 이유였다.

며칠 뒤 나는 아르바이트생을 변호했던 국선변호인의 전화를 받았다.

"조 변호사님, 변호하신 사건 무죄 판결 받으셨던데 축하드립니다. 정 사장님이 제 의뢰인 합의금을 대신 내준 일을 판사님께 말씀드렸었는데……."

'아! 그렇게 된 거였구나. 담당 판사도 알고 있었구나.'

그러고 보니 나의 착각인지 모르지만, 재판 과정에서 판사가 정 사장을 바라보는 눈빛이 다른 피고인들을 대할 때와는 조금 달라 보였다. 결국 정 사장의 선행이 돌고 돌아 정 사장 본인을 살린 셈이다.

정 사장의 광폭 오지랖은 여기서 그치지 않았다. 본인이 도와준 아르바이트생을 자신의 운전기사로 채용했고, 그의 어머니를 단골 식당의 보조 직원으로 채용되도록 알선해주었다. 아르바이트생은 지금도 정 사장을 은인으로 생각하고 각별히 모신다고 한다.

*

주역(周易) 공부를 오래 하신 어느 분의 말씀이 떠오른다.

"타고난 운명을 바꾸는 확실한 방법 중 하나는 주위 사람들에게 좋은 일을 하는 겁니다. 밥이 필요한 사람에게는 밥을 주고, 외로운 사람에게는 말을 걸어주는 거죠. '적선지가 필유여경(積善之家 必有餘慶)'이라 했습니다. 적선(積善), 선을 쌓는다는 것인데 이런 행위를 통해 좋은 기운이 나의 막힌 운명을 풀어준다고 믿는 겁니다."

'적선지가 필유여경'이라는 말은 선한 일을 많이 한 집안에는 반드시 경사가 있다는 뜻으로 《주역》의 〈문언전〉에 실려 있는 한 구절이다. 선을 쌓는 최고의 방법은 어려움에 처한 사람에게 도움을 베푸는 것이라는 말이다.

그분 말씀을 무조건 믿는 것은 아니다. 하지만 인과관계를 증명하지 못할 뿐 세상 만물은 서로 얽혀서 돌아간다는 사실을 나이를 먹으면 먹을수록 실감하고 있다. 복을 짓는 이는 언젠가는 그 복을 자신이 받고, 악을 행하는 이는 언젠가 그 악이 부메랑처럼 자신에게 돌아온다. 통장에 몇 푼을 더 쌓는 것보다 중요한 것은 선의 마일리지를 쌓는 것이다. 때론 마법처럼 그렇게 쌓은 선행이 인생을 바꿀지도 모를 일이다.

횡재가
횡액이 되는 순간

☘

김효원 씨는 남편 최규춘 씨와 3년 열애 끝에 결혼해서 1남 1녀를 두었다. 성실하기만 하던 남편은 결혼 후 PC방 사업에 손을 댔다가 동업자에게 사기를 당해 투자금을 모두 날려버렸고, 그 후 도박에 손을 대기 시작했다. 효원 씨는 남편이 속이 상해 그러려니 생각하고 웬만하면 잔소리를 하지 않으려 했다. 부부 사이는 그리 나쁘지 않았다.

어느 날 최규춘 씨는 부인에게 하소연을 했다. 도박장에서 심부름하는 아이를 시켜 도박판 판돈으로 자동 기입 방식 로또를 산 다음 도박 참가자들이 나눠 가졌는데, 그중 김영기 씨가 받은 로또가 1등에 당첨되었다는 것이다. 당시 도박판에는 네 명이 있었다. 당첨금 액수가 세금을 제하고도 거의 60억 원에 이르렀기에 김 씨를 제외한 나머지 세 명은 각각 15억 원씩 나눠 가져야 한다고 주장했다.

김효원 씨가 내 어머니 친구분의 지인이라 내가 이 드라마 같은 사건을 상담하게 되었다.

"우리는 매번 판을 시작하면서 행운을 빌자는 뜻으로 판돈에서 돈을 빼 로또를 샀습니다. 나중에 당첨되면 돈을 공평하게 나누자고 약속했단 말입니다!"

최규춘 씨는 억울하다며 열변을 토했지만 법리상 받아들이기 어려운 사건이었다. 첫 번째 어려움은 '공동 분배 약정에 대한 입증 책임 문제'였다. 로또에 당첨되면 당첨금을 네 명이 공평하게 나누기로 약속했다는 사실을 최 씨가 입증해야 한다. 그러나 약속한 바를 서면으로 작성하지는 않았기에 증인의 증언 등을 통해 입증해야 하는데 만만치 않을 듯했다.

두 번째 어려움은 로또를 구입한 재원이 도박 자금이라는 데 있다. 즉, 로또의 당첨금을 배분하자는 약속이 설사 있었다 하더라도, 이는 불법행위를 통해 형성된 자금으로 구입한 것이기 때문에 그 약속은 무효로 취급될 공산이 컸다. 나는 의미 있는 사건으로 성립될 가능성이 낮다고 판단해서 이 사건을 맡지 않으려 했으나 효원 씨의 간곡한 청에 못 이겨 최규춘 씨를 포함한 나머지 두 명의 소송을 수임했다.

재판을 진행하다 보니 사전에 우려했던 두 가지 문제점에 대해 집중적으로 법원의 심리가 진행됐다. 공동 분배 약정을 입증하기 위해 우리는 당시 도박장에서 심부름하던 아이를 증인으로 불러냈다. 아이는 다소 두려워했지만 당시 정황을 또박또박 잘 증언해주었다. 그리고 김영기 씨 외에 세 명의 원고들은 일관되게 공동 분배 약정을 주장했으므로 재판부가 이를 인정하는 데 큰 무리가 없어 보였다.

문제는 두 번째 쟁점이었다. 로또를 구입한 재원이 도박 자금인데 과연 그 돈으로 구입한 로또 당첨금의 공동 분배 약정이 법률상 유효하다고 인정될 수 있을까? 나는 우리 측에 유리한 판례와 법리를 찾아내기 위해 일본의 법률서적까지 뒤적이면서 불법 원인 급여, 불법 행위, 반사회질서 법률 행위와 관련된 다양한 참고자료를 법원에 제출했다. 재판이 진행되는 동안 최규춘 씨 부부는 수시로 나를 찾아와 대책을 논의했고, 나 역시 최선을 다해 변론을 준비했다.

드디어 1심 판결 선고일이 다가왔다. 법원은 우리 손을 들어주었다. 법원은 판결문에서 "비록 도박이 범죄 행위이고 복권 구입 대금이 도박 자금에서 나왔다 하더라도 구입한 복권의 당첨금을 서로 나누어 가지기로 한 약정까지 선량한 풍속 기타 사회질서에 위반된 무효 행위라고 볼 수는 없다."라고 판시했다.

선고 당일 최규춘 씨 부부는 내 사무실에서 눈물을 흘리며 기뻐했다. 계산상으로는 최규춘 씨 앞으로 약 15억 원의 당첨금이 배분될 예정이었다. 피고 김영기 씨는 1심 판결에 불복해 항소했고, 이 사건은 ○○고등법원에서 계속 심리가 진행되었다. 나는 2심 사건도 맡아 진행했는데, 어차피 1심에서 필요한 쟁점은 모두 다뤄졌기에 별문제는 없어 보였다. 하지만 김영기 씨 측 소송대리인은 1심 결과를 뒤집기 위해 다양한 법리적 주장을 펼쳤고 여러 명의 증인을 신청하는 바람에 2심만 거의 1년 정도 진행되었다.

1심을 진행할 때 최규춘 씨 부부는 내게 연락도 자주 하고 사무실을 찾아오기도 했는데, 2심을 진행할 때는 거의 연락이 없었다. 그저 그런가보다 했을 뿐 별다른 일이 있을 거라고는 생각지 못했다. 최규춘 씨가 2심 승소 판결을 받은 뒤 며칠이 지나 나는 효원 씨를 소개해준 내 어머니의 친구분에게서 전화를 받았다. 그제야 그동안의 사정을 알게 되었다.

*

최규춘 씨는 1심에서 승소 판결을 받자 달라지기 시작

했다. 거액의 돈을 챙길 수 있다는 생각에 태도가 돌변한 것이다. 술에 취해 귀가하는 날이 잦아졌고, 툭하면 효원 씨에게 손찌검을 하는 등 폭행을 일삼았다. 외박은 일상이 되어갔다. 나중에야 알게 된 사실이지만, 그는 전부터 알고 지내던 여자와 사실상 동거를 시작했다. 효원 씨는 하늘이 무너지는 것 같았다. 급기야 최규춘 씨는 위자료와 양육비를 줄 테니 헤어지자며 집요하게 이혼을 요구했다. 효원 씨는 어떻게든 이혼을 막아보려 했으나 한번 떠난 남편의 마음을 되돌리기란 불가능했다.

결국 효원 씨는 남편과 이혼을 했고 아이들은 계속 효원 씨가 키우기로 합의했다. 5천만 원의 위자료와 매달 200만 원의 양육비를 지급받는 조건이었다. 남은 문제는 '재산 분할'이었는데 최규춘 씨는 당첨금 소송이 아직 진행 중이니 재산 분할은 소송이 완전히 끝난 뒤에 다시 논의하자고 했고 효원 씨도 이에 동의했다.

나는 전후 사정을 듣고 화가 치밀었다. 남의 가정사에 왈가왈부할 바는 아니지만, 최규춘 씨의 행태가 정말 못마땅했다.

이후 로또 당첨금 소송은 최규춘 씨 측의 최종 승소로 끝이 났다. 김영기 씨가 대법원에 상고까지 했지만 대법원에서 2심 결과가 그대로 인정되었고 최규춘 씨는 15억 원 가량의 돈을 자신의 몫으로 분배받게 되었다.

문제는 그다음에 발생했다. 최규춘 씨가 소송을 통해 받은 돈 전액을 신탁으로 묶어버린 다음 효원 씨에게는 한 푼도 줄 수 없다고 한 것이다. 이에 반발한 효원 씨는 최규춘 씨를 상대로 당첨금의 절반인 8억 원을 요구하는 재산 분할청구소송을 제기했다. 나는 어느 한편의 소송을 맡기가 껄끄러운 상황이었기 때문에 개입하지 않고 소송 과정을 지켜보았다. 물론 마음속으로는 효원 씨를 응원했다.

양측은 변호사를 선임해 치열하게 다퉜다. 효원 씨의 청구에 대한 최규춘 씨 측의 답변은 "로또 당첨금은 재산 분할 청구의 대상이 될 수 없다."는 것이었다. 원래 재산 분할은 혼인 기간 중 부부가 공동으로 형성한 재산에 대해 청구할 수 있는데, 로또 당첨금은 전적으로 최규춘 씨의 행운에 의한 것이므로 재산 분할의 대상이 될 수 없다는 주장이었다.

약 7개월이 걸린 치열한 1심 소송 끝에 재판부는 최규춘 씨의 손을 들어줬다. 로또 당첨금은 최규춘 씨의 '행운'에 의한 것일 뿐 부부가 공동으로 노력해서 형성한 재산이 아니라는 결론을 내린 것이다. 법리적으로는 타당한 결론일지 모르나 감정적으로는 받아들이기 어려웠다.

효원 씨는 1심에 불복하고 2심에 항소해 다시 6개월을 싸웠다. 하지만 2심에서의 결론도 마찬가지였다. 결국 효원 씨는 당초 약속된 5천만 원의 위자료와 월 200만 원의 양육비를 받는 선에서 전 남편과의 악연을 정리할 수밖에 없었다. 그 후 들리는 바에 의하면 최규춘 씨는 동거하던 여자와 헤어졌고 로또 당첨금은 비밀 금융 계좌에 안전하게 보관했다고 한다.

*

이 사건은 승소가 오히려 비극을 불러온 아이러니한 사건이었다. 나는 이 사건이 남긴 씁쓸함을 뒤로하고 일상으로 돌아갔다. 그런데 약 6개월 뒤 효원 씨가 다시 나를 찾아왔다. 효원 씨와 벌인 소송에서 승소한 최규춘 씨는 금융 계좌에 보관하고 있던 돈을 인출해 서울 동대문에 상가 5개를 분양받았다고 한다. 별다른 월수입이 없었기에 임대 수입을 올리기 위해 상가를 분양받았던 것이다.

그러던 어느 날 밤, 늦게 귀가하던 최 씨는 뺑소니차에 치여 그 자리에서 사망했다. 불행히도 범인은 잡을 수 없었다. 최 씨는 사망 당시 부모나 법률상 부인이 없었기에 유일한 상속인은 효원 씨와의 결혼으로 태어난 1남 1녀의 자녀들이었다. 아이들이 미성년자였으므로 결국 효원 씨가 상속 재산의 관리인이 되었다. 그리고 최 씨가 한 달 전에 고액의 생명보험에 가입했는데, 가입할 때 별도의 수익자를 지정하지 않아 법정상속인에게 보험금이 돌아가도록 되어 결국 자녀들에게 추가로 5억 원 상당의 사망보험금이 지급된다는 얘기였다. 다만 이 과정을 진행하기 위해서는 다소 복잡한 서류 작업이 필요했기에 내 도움을 받기 위해 찾아온 것이었다.

한 편의 영화 같은 이야기였다. 당첨금을 분배받기 위한 치열한 법정 투쟁, 재산 분할금을 차지하기 위한 잇따른 소송, 그리고 그 모든 것의 허망한 결말. 만약 로또 당첨금 분배 소송에서 최규춘 씨가 패소했다 해도 일이 이 지경에까지 이르렀을까? 사람 사는 일이 참으로 허무하기에 삶에 대해 더욱 겸손해져야겠다는 생각이 드는 순간이었다.

*

인간은 누구나 횡재를 바란다. 횡재(橫財), 뜻밖에 재물을 얻는다는 의미다. 하지만 그 뜻밖의 행운은 때로 더 큰 불행의 씨앗이 되기도 한다. 내 노력과 의지의 결과와 무관한 예상치 않은 이득은 어떤 문제를 가져다줄까?

자신의 노력으로 얻은 것이 아니기에 그것의 소중함을 잘 알지 못한다. 게다가 생각지도 못한 행운에 들뜬 마음을 다스리기도 힘들다. 시간이 흐르면서 우연으로 얻은 행운을 마치 자신의 실력인 양 착각하는 우를 범하기도 할 것이다. 무엇이 진정 자신의 것인지, 무엇이 진정 소중한 것인지 알지 못하게 되는 것이다. 결국에는 횡재가 횡액(橫厄)으로 변하는 것을 경험하게 된다.

행운을 얻었다고 해서 행복해지는 것은 아니다. 행복은 일상의 작은 순간들 속에 있고, 행운은 행복한 사람이 감당할 수 있는 법이다. 그리고 불행한 사람에게 찾아온 횡재는 행운이 아니라 횡액이 되어 또 다른 불행으로 돌아올 뿐이다.

분노의 이면에는
상처가 있다

☘

"솔직히 이 양반은 또라이입니다. 답이 없는 사람이에요."

소송을 의뢰하는 A은행 법무 담당자는 한숨을 푹푹 내쉬었다. A은행은 내가 몸담은 로펌의 오랜 고문 기업인데, 5년 전부터 피해를 입었다고 주장하면서 끊임없이 민사소송을 제기하는 정 씨 때문에 골머리를 앓고 있었다.

정 씨의 주장은 이랬다. 그는 6년 전 자신의 회사를 살리기 위해 A은행에 5억 원의 대출을 신청했다. 하지만 대출이 실행되던 날 아침 급하게 전화를 걸어 담당자에게 대출 실행을 중단해달라고 요청했다. 왜냐하면 당시 빚을 지고 있던 거래처에서 정 씨가 신규 대출을 받는다는 것을 미리 알아채고는 대출금이 지급될 통장에 가압류 신청을 해버렸기 때문이다.

은행 입장에서는 이미 본점에서 대출 승인이 떨어져 자금 이체가 진행 중인 상황이었기에 이를 중단시킬 수 없었다. 결국 정 씨는 5억 원이라는 거액의 대출을 받고도 그 돈을 한 푼도 쓰지 못했고 급기야 회사는 부도를 맞았다.

정 씨는 은행에서 대출 실행을 중단시키지 않았다는 것

을 문제 삼아 소송을 제기했다. 하지만 은행은 정상적인 절차에 따라 대출이 진행되었고, 통장이 가압류된 것은 정 씨의 채무 관계에서 비롯된 것이지 은행의 잘못이 아니라고 주장했다.

법적인 측면에서 본다면 정 씨의 주장은 법원에 받아들여지기 어려웠다. 물론 은행 측에서도 당시 정 씨의 절박한 상황을 고려하여 다소 번거롭더라도 본점과 협의하에 대출 절차를 중단시키는 등의 융통성 있는 대응이 부족했던 것은 사실이다. 하지만 그렇다고 해서 은행에 법적인 책임을 묻기는 어려웠다.

정 씨는 은행의 부실한 업무처리 때문에 자신의 회사가 부도를 맞게 되었다는 생각에 가능한 모든 법적 수단을 동원하여 A은행을 괴롭혀왔다. 관련자들을 전부 증인으로 신청해서 법정에 불러내는가 하면 빈번하게 문서제출명령을 법원에 청구해서 은행 측에 관련 자료를 계속 요청해 담당자들을 귀찮게 했다.

관련자들로서는 증인으로 채택되어 법원에 출석하는 것 자체가 상당한 부담일 수밖에 없었다. 누구나 그렇듯 오래전 일에 대해 증언을 하다 보면 기억의 착오에 의해 사소한 부분에서는 사실과 다른 진술을 하게 마련인데, 정 씨는 증언 과정에서 조금이라도 사실과 다른 부분이 발견되면 바로 해당 증인들을 위증죄로 형사고발했다. 그렇게 해서 이미 관련자 두 명은 위증죄 혐의로 수사를 받고 있는 상황이었다.

정 씨는 또 문서제출명령을 통해 각종 문서들을 A은행으로부터 확보한 후 문제점을 찾아내어 추가 증인신문이나 문서제출명령을 신청했다. 소송 결과는 언제나 A은행의 승소로 끝났지만, 그 과정에서 은행 임직원들이 겪어야 하는 스트레스는 이루 말할 수 없을 정도였다.

*

그동안 우리 로펌에 소속된 다른 선배 변호사들이 정 씨가 제기한 사건들을 담당해왔는데, 이제는 하나같이 혀를 내두르며 손사래를 치는 바람에 결국 나에게 사건이 넘어온 것이다.

정 씨가 제출한 소장을 자세히 읽어보니 그가 대단히 집요한 사람인 것은 틀림없지만 은행 법무 담당자의 말처럼 제정신이 아닌 사람 같지는 않았다. 오히려 상처받고 무시당해서 악으로 버티는 사람처럼 느껴졌다. 정 씨의 나이가 어머니와 동갑인 것을 발견하고는 마음 한구석이 짠해지기도 했다. 오랜 시간 교착상태에 있는 정 씨와의 관계를 어떻게 다시 설정할 수 있을지 여러 가지 가능성을 두고 고민해볼 필요가 있었다.

재판 첫날, 나는 법정에서 순서를 기다리던 정 씨를 찾아갔다. 잔뜩 경계하며 나를 바라보는 정 씨에게 꾸벅 인사를 하고는 명함을 건넸다. 정 씨는 나를 힐끗 바라보더니 비꼬는 투로 말했다.

"이번엔 변호사를 바꿨구먼."

나는 그 말에 아랑곳하지 않고 이렇게 대꾸했다.

"제기하신 소장 내용을 꼼꼼히 읽어봤습니다. 화도 나고 억울하실 것 같습니다. 제가 비록 A은행 소송대리인으로서 A은행으로부터 위임을 받아 사건을 진행하지만 선생님의 갑갑한 마음을 조금이나마 이해할 수 있을 것 같습니다."

순간 이야기를 듣는 정 씨의 눈빛이 흔들렸다. 그는 놀란 듯했다. 정 씨는 더 이상 말을 하지 않았고 첫날 재판은 서로가 간단히 입장만 표명한 채 끝이 났다.

그로부터 한 달 뒤에 벌어진 두 번째 재판기일에도 내가 먼저 다가가서 인사를 청했다. 정 씨는 이전과는 다르게 내 인사를 정중하게 받아주었다.

정 씨는 그동안 A은행 때문에 자신이 얼마나 힘들었는지 구구절절한 사연을 털어놓기 시작했다. 물론 법적으로는 전혀 의미 없는 하소연이 대부분이었지만 새겨들을 부분도 분명 있었다. 이야기 도중 정 씨가 A은행 외에도 B사와 법적 분쟁을 벌이고 있다는 사실을 알게 된 나는 그날 재판을 마치고 한 가지 제안을 했다.

"저는 A은행으로부터 사건을 위임받은 상황이므로 지금의 사건에 대해서는 법적인 조언을 해드릴 수 없습니다. 그것은 변호사법 위반이거든요. 하지만 선생님께서 B사를 상대로 제기한 소송에 대해서는 제가 무료로 도움을 드릴 수 있습니다. 혹시 도움이 필요하시면 제 명함에 적힌 번호로 연락 주시기 바랍니다."

정 씨는 바로 다음 날 내게 전화를 했다. 자신이 B사와 진행 중인 소송에 대해 문의하고 싶다는 것이었다. 정 씨는 음료수 한 상자를 들고 사무실을 찾아왔다. 정 씨와 B사 사이의 소송은 어느 정도 정 씨에게 승소 가능성이 있어 조언을 해주었다. 나는 정 씨에게 필요한 준비서면과 증인신문사항까지 직접 작성해주었다.

하지만 정 씨는 나의 도움에도 아랑곳하지 않고 A은행

을 상대로 한 소송에서는 여전히 예전처럼 엄청난 분량의 문서제출명령신청 및 관련자 네 명과 심지어 부행장에 대한 증인신문신청을 법원에 서면으로 제출했다. A은행 법무 담당자는 어떻게든 다음 재판기일까지 정 씨의 파상공세를 막아줄 것을 요청했다.

서면으로 문서제출명령신청과 증인신청을 하더라도 이것이 제대로 된 증거 신청으로 받아들여지기 위해서는 실제 법정에서 판사에게 해당 사항을 다시 신청해야만 한다. 결국 내가 해야 할 일은 정 씨를 설득해서 다음 재판 때 증인신청과 문서제출명령신청을 판사 앞에서 취소하도록 하는 것이었다.

*

세 번째 재판기일 날, 나는 조금 일찍 재판정에 가서 정 씨를 만나 조심스럽게 의견을 전달했다.

"지금 선생님께서 재판부에 신청한 증거들은 사실상 사건과 직접 관련이 없는 것들이 대부분입니다. 그건 아마 선생님도 잘 알고 계시리라 생각합니다. 그동안 재판에서 왜 계속 패소하셨겠습니까? 사건의 핵심을 잘못 짚어서 그런 겁니다. 판사님이 보시기에는 선생님이 억지를 부리고 있다는 안 좋은 견해를 가질 수도 있습니다. 지금 방식은 결코 선생님께 유리하지 않습니다."

정 씨는 내 말을 잠자코 듣더니 과연 어떻게 증인신청을 하는 것이 좋겠느냐고 물었다.

"어차피 이 사건 쟁점은 대출 중단을 하지 않은 것에 은행 측에 과실이 있느냐 여부입니다. 그 쟁점을 가장 잘 알고 있는 실무자는 김 대리입니다. 그럼 김 대리에 대해서만 증인신청을 해야 법원은 선생님의 증인신청이 타당하다고 판단할 겁니다. 물론 김 대리는 자기가 일하고 있는 A은행에 대해 불리한 이야기는 하지 않을 겁니다. 하지만 그 부분은 어차피 선생님이 극복해야 할 부분이고요."

이렇게 설명한 후 내 입장을 솔직히 전했다.

"사실 저도 A은행으로부터 압박을 받고 있습니다. 여러 명의 증인신청이 모두 받아들여지면 도대체 변호사는 무엇을 한 거냐면서 힐난할 것이 분명합니다. 제 입장도 좀 고려해주시면 고맙겠습니다, 선생님."

"거참. 조 변호사가 난처해지는 건 나도 원치 않는데……."

그의 말을 들으니 마음이 많이 누그러진 것 같았다. 조금 뒤 재판이 다시 진행되었다. 그 자리에서 정 씨는 증거 신청에 대한 자신의 입장을 정리했다.

"문서제출명령신청은 철회하겠습니다. 그리고 증인신청은 다른 증인에 대해서는 철회하고 김 대리에 대해서만 유지하겠습니다."

불필요한 증거조사를 하지 않게 된 재판장은 안도의 한숨을 내쉬었다.

"잘 생각하셨습니다. 원래 재판은 핵심 쟁점에 집중해서 진행하는 것이 좋거든요."

나는 재판정을 나오면서 정 씨에게 감사의 마음을 전했다.

"선생님, 정말 감사합니다. 제 입장을 헤아려주셔서요."

그러자 정 씨는 이렇게 대답했다.

"조 변호사가 날 위해 시간도 내주고 좋은 말도 해준 걸 아는데, 내가 조 변호사를 괴롭히면 안 되지요. 솔직히 나도 이 사건에서 승소하리라는 기대는 안 해요. 나는 단지 A은행에 화가 나 있었어요. 승패를 떠나 A은행을 괴롭히고 싶었어요. 그런데 조 변호사 말을 듣고 나니 정신이 좀 듭디다. 재판을 감정으로만 할 수 있는 것도 아니고. 그리고 이게 어디 사람이 할 짓입니까."

증거신청이 대폭 줄고, 특히 부행장에 대한 증인신청이 철회되자 A은행 법무 담당자는 안도의 한숨을 쉬었다. 결국 이 사건은 1심에서 A은행의 승소로 끝났다. 정 씨는 항소를 제기하지 않았다.

하지만 내가 도와준 B사와의 재판에서 정 씨는 일부 승소하여 판결금으로 2억 5천만 원을 받아냈고, 그동안 시달렸던 사채 빚을 갚을 수 있었다. 그리고 얼마 후 나는 정 씨의 막내아들이 대학을 졸업하고도 취직을 못해 고민 중이라는 것을 알게 되어 내가 관리하고 있는 고문 기업에 소개해 취직을 시켜주었다. 정 씨는 지금도 추석이나 설이 되면 꼭 내게 선물을 보내온다.

*

이 사건에서 나는 정 씨를 '내 의뢰인을 괴롭히는 적'이 아닌 '상처받은 한 사람'으로 보았고 법이 허용하는 범위 내에서 그 상처를 이해해보려 노력했다.

상처는 때로 분노로 표출되기 마련이다. 하지만 그 상처가 조금씩 아물자 상대방은 상황을 직시하고 소송을 끝낼 수 있었다. 어쩌지 못하던 불덩이 같은 마음을 놓아버린 것이다.

처음 변호사가 되었을 때 나는 의뢰인의 말을 진실로 믿고 의뢰인을 위한 검투사가 되어 열심히 상대방과 싸우면 된다고 생각했었다. 하지만 사건을 숱하게 겪으면서 절실하게 깨달은 것 한 가지는 승패만을 위한 논리를 내세우다가는 결국 또 다른 문제를 만나게 된다는 사실이다.

법정에서의 승패는 단지 겉으로 드러난 결말일 뿐이다. 근본적인 해결책이 없다면 문제의 사슬고리는 결코 끊어지지 않는다. 때로는 상대방의 분노 속에 숨겨진 상처를 이해하는 것이 해결책의 실마리를 찾는 시작이 될 수도 있다.

사람은
무엇으로 사는가

☘

"사장님, 웬만하면 법원의 조정을 따르시는 것이 좋을 것 같습니다. 이렇게 계속 분쟁해봐야 서로에게 피해만 갈 것 같은데……."

10개월째 재판이 지루하게 진행되고 있었다. A사와 B사가 공동으로 공사를 수주해서 진행했는데 발주처로부터 받은 공사금액 20억 원을 나누는 과정에서 갈등이 생긴 사건이었다.

A사는 B사가 제대로 일을 하지 않았다는 이유로 애초 절반씩 나누기로 했던 공사대금을 A사가 80퍼센트, B사가 20퍼센트의 비율로 배분받아야 한다고 주장했다. A사가 그렇게 주장하는 근거는, B사가 인력 투입 시기를 놓치고 납기일을 지키지 못해, A사가 이를 만회하기 위해 추가 인력을 대거 투입했으므로, 추가로 자금을 투자한 만큼을 더 받아야 한다는 것이었다. 결론적으로 A사는 발주처로부터 받은 20억 원을 A사와 B사가 각각 16억 원과 4억 원으로 나누는 것이 합당하다고 주장했다.

이에 대해 B사는 자신들이 일을 진행하는 데 있어 조금

지연된 부분은 있지만 결과적으로 일을 성공적으로 마무리했고 발주처로부터도 공사대금 전액을 받았으므로 당초 예정대로 절반씩 나누어야 한다는 입장이었다.

이 사건에서 나는 B사를 대리했다. 법원은 재판을 진행하는 과정에서 B사가 일을 완벽하게 처리하지 못한 점을 인정해 받을 금액의 일부를 양보해야 한다고 판단했다. 법원은 A사가 14억 원, B사가 6억 원을 분배받는 것을 전제로 한 조정안을 양측에 보냈다. 조정안은 판결을 내리기 전에 보내는 것으로 양측이 이 조정안에 대해 14일 이내에 이의를 제기하지 않으면 그 자체로 판결과 동일한 효력이 발생한다. 하지만 어느 한 측이라도 이의를 제기하면 재판은 다시 시작된다.

내가 보기에 법원의 조정안은 합리적인 편이었다. 그런데 A사와 B사 사장님 모두 자존심이 강해서 한 치도 양보하려 들지 않았다. 아니나 다를까 A사와 B사 모두 이 조정안에 이의를 제기했고 법원은 다시 재판기일을 잡았다.

A사의 오 사장과 B사의 권 사장은 업계에서 서로 경쟁관계에 있었기에 이번 사건은 단순한 금액 분쟁을 떠나 자존심이 걸린 문제라고 생각하는 듯했다. 특히 오 사장은 이번 사건을 통해 B사가 일을 제대로 처리하지 않는다는

사실을 업계에 알림으로써 앞으로의 수주 경쟁에서 우위를 점하겠다는 속내가 있었고, 반대로 B사는 자신들의 잘못이 법원에 의해 공식적으로 인정되는 것에 상당히 민감한 반응을 보였다.

A사를 대리하는 김 변호사는 나의 대학교 선배였다. 우리는 가끔 만나 이 사건을 두고 서로 푸념을 늘어놓곤 했다.

"조 변호사, 왜 이리 사람들 고집이 고래심줄 같아? 적당히 합의하면 좀 좋아?"

"그러게 말입니다, 선배님. 이 사건은 결론 내기가 아주 애매할 것 같은데요. 각자의 역할분담 비율을 계산하기가 쉽지 않을걸요? 법원도 그래서 자꾸 조정 이야기를 하는 것 같은데 이거 원, 당사자들이 말을 들어야 말이지요."

*

강제조정안이 쌍방의 이의로 무산되고 다시 잡힌 재판기일을 이틀 앞둔 날, 김 선배가 내게 전화를 했다.

"조 변호사, 이번 재판기일은 부득이하게 연기해야겠어. 오 사장 아버님께서 오늘 새벽에 돌아가셨다고 하네.

오 사장이 외동아들이거든. 3주 후에 재판기일을 다시 잡아달라고 판사님께 말씀드릴 테니 기일변경에 동의 좀 해 주게."

나는 그러겠다고 대답하고 이 사실을 내 의뢰인인 권 사장에게도 알렸다. 권 사장은 잠시 침묵하더니 혹시 오 사장 부친의 장례식장이 어디인지 알아봐줄 수 있느냐고 물었다. 나는 오 사장 부친의 빈소가 마련된 포항의 장례식장 이름을 알아내어 알려주었다.

2주일 후, 김 선배에게서 연락이 왔다.

"조 변호사, 사건 당사자 사이에 합의가 됐다고 하네. 이야기 들었나?"

"금시초문입니다. 어떻게 합의를 했답니까?"

"우리 의뢰인 말이 전체 20억 원 중 A사가 12억 원, B사가 8억 원을 갖는 걸로 합의했다고 하던데?"

"네? A사 오 사장이 크게 양보를 했네요? 왜 그랬답니까?"

"글쎄, 잘 모르겠네. 나도 방금 이야기를 들어서 말이야. 어쨌든 우리로서는 좋은 일 아니겠나? 조 변호사도 고생했네. 결과적으로 B사는 법원 조정안보다 더 좋은 결과를 얻어냈구먼."

그날 오후 나는 권 사장에게서 자초지종을 들었다. 권

사장은 자신이 아무리 오 사장과 법정에서 싸우고 있는 사이라 해도 오 사장의 부친상 소식을 듣고 그냥 넘어가서는 안 될 것 같아 포항까지 조문을 하러 내려갔다고 한다. 권 사장 부친은 1년 전에 췌장암으로 세상을 떠나셨는데, 오 사장 부친상 소식을 듣고 보니 문득 작년 일이 떠올랐기 때문이라고도 했다. 돌아가시기 몇 달 전에 극심한 고통을 겪는 아버지를 지켜보았던 권 사장으로서는 오 사장의 부친상 소식이 허투루 들리지 않았던 것이다.

권 사장이 빈소를 찾은 것이 뜻밖이었는지 오 사장도 상당히 당황했다고 한다. 권 사장은 "얼마나 상심이 크십니까? 지병이라도 앓으셨나요?"라고 물었고, 오 사장은 부친이 1년 넘게 췌장암으로 고생하다 돌아가셨다는 설명을 했다. 권 사장은 돌아가신 아버지 생각이 나서 그 자리에서 흐느껴 울었다. 갑자기 슬픔이 밀려와 주체할 수가 없었다는 것이다. 그는 오 사장에게 작년에 돌아가신 아버지 이야기를 했고, 오 사장 역시 자신도 아버지의 고통스러워하시는 모습에 너무나도 힘들었다면서 서로 부둥켜안고 울기까지 했다고 한다.

권 사장은 도저히 발걸음이 떨어지지 않아 계속 술을 마시면서 장례식장에 있었고 발인할 때는 장지까지 따라가서 추모의 예를 다했다.

며칠 후, 삼우제를 마친 오 사장이 권 사장에게 전화를 했다. 더는 불필요한 분쟁을 계속하지 말자면서 전체 20억 원 중 A사는 12억 원만 가질 테니 나머지 8억 원은 B사가 가져가고 그 내용을 각서로 쓴 후 사건을 종결짓자고 제안을 했다는 것이다.

권 사장은 오 사장이 법원의 조정안보다 훨씬 파격적인 제안을 해서 깜짝 놀랐다. 왠지 쑥스러운 마음에 그렇게까지 안 해도 된다고 했지만 오 사장은 부친 장례에 와서 마음을 크게 써준 것에 보답하는 것이니 받아주면 좋겠다고 말했다.

"우리 아버지, 아들 잘되라고 그렇게 기도하셨는데 이렇게 또 못난 아들을 구해주시네요. 저도 이번 일로 더 이상 쓸데없는 자존심에 연연하지 않고 사업에 전력을 다하렵니다."

권 사장은 눈시울을 붉혔다. 그 후 A사와 B사는 또 하나의 공사를 공동으로 수주했고 이번에는 서로 호흡을 잘 맞춰 성공적으로 프로젝트를 진행하고 있다.

*

사람들이 소송을 하는 이유는 무엇일까? 돈 때문이기도 하고 감정 때문이기도 하다. 특히 서로 자존심을 걸고 법정싸움을 벌일 때는 적당한 수준에서 합의하는 것이 거의 불가능하다. 합리적으로 생각한다면 분명 서로 양보하고 자신의 본업에 충실하는 것이 이득일 텐데 자존심이 걸려 있으면 달라진다. 합리적인 선택을 그 자존심이란 녀석이 가로막는다. 사람은 그만큼 감정적인 존재다.

평행선으로 치닫던 오 사장과 권 사장의 분쟁, 그 치열했던 자존심 대결을 무장해제시킨 것은 바로 '아버지'라는 공통분모였다. 인지상정(人之常情)이 통한 것이다. 어떤 합리적인 논리도 뛰어넘지 못했던 두 사람 사이의 철옹성 같은 마음의 벽이 아버지에 대한 추억과 사랑으로 허물어졌다. 켜켜이 쌓아온 적대감도 한순간의 진심 어린 이해로 허물어버릴 수 있었고 그 이해의 시작은 우리 모두가 지닌 보편적 감정이었다. 역시 사람의 마음을 여는 열쇠는 논리보다 공감과 이해의 정서에 있는 것이다.

돌고 돈다,
인연은

☘

꽤 기분 좋게 마셨다. 그동안 애타게 기다렸던 대규모 입찰 건에서 최종 낙찰자로 결정되어 축하파티를 연 고문 기업으로부터 초청을 받아 다녀오는 길이었다. 그곳에서 이번 낙찰과정에 일등공신 역할을 한 이사님과 이를 흐뭇하게 지켜보는 사장님, 그 두 사람의 모습을 바라보던 나는 사뭇 '인연의 오묘함'을 떠올리며 미소 짓지 않을 수 없었다.

첫 번째 인연의 고리, 인연의 씨앗

5년 전쯤, 평소 잘 알고 지내던 배 이사에게서 K사를 소개받았다.

"조 변호사님, 제가 볼 때는 K사가 너무 억울한 거 같아요. K사 사장이 제 후배인데 잘 좀 부탁드립니다."

나는 배 이사 부탁으로 K사를 대리하여 상대방인 H사를 상대로 5억 원의 손해배상을 청구했다. 계약서 내용이 애매하게 되어 있어 승소를 이끌어내기가 만만치 않은 사건이었다.

배 이사는 소송이 진행되는 동안 내게 세 번이나 따로 밥을 사면서 "조 변호사님이 열심히 소송 진행해주신다는 얘기를 후배에게 들었습니다. 마지막까지 최선을 다해 정의를 세워주십시오!"라는 말로 은근히 부담을 줬다.

나는 K사의 승소를 위해 밤낮으로 고민했다. 애매한 계약서 내용을 보완하기 위해 상대방 H사 상무를 증인으로 불러 혹독하게 증인신문을 하기도 했다. 그 증인신문이 소송의 승패를 결정짓는 분수령이 되었다. K사가 1심에서 승소를 한 것이다. H사는 1심 판결에 불복하고 고등법원에 항소했지만 2심에서도 1심의 결과를 뒤집지 못했다. 결국 H사는 대법원에 상고하는 것을 포기했고, 사건은 K사의 승소로 확정되었다.

두 번째 인연의 고리, 패배의 쓴 잔이 신뢰의 단초가 되는 역설

2년 전쯤, 어느 회사에서 나를 고문으로 삼고 싶다는 연락을 해왔다. 약속된 시간에 회의 장소에 들어서는데 기다리던 의뢰인을 보고는 순간 멈칫했다. 언젠가 만났던 사람이 분명한데 정확히 누구인지 기억이 나지 않았다. 그 의뢰인은 겸연쩍게 웃으며 내게 악수를 청했다.

"저, 기억하시나요? 그때 증인석에서 저를 아주 호되게 몰아붙이셨죠?"

그는 바로 내가 K사를 대리하여 치열한 법정 공방을 벌였던 H사의 황 상무였다. 이 사람이 왜 이곳에 있는 것일까.

"저희 사장님이 그때 재판을 진행하는 조 변호사님을 보면서 깊은 인상을 받으셨나 봅니다. 그 사건에서 패소하는 바람에 한동안 저희 회사가 아주 힘들었었죠. 중소기업에게 5억 원은 큰돈이니까요."

"네……. 죄송합니다."

죄송할 이유는 딱히 없었지만 갑자기 죄송하다는 말이 먼저 튀어나왔다.

"그 뒤로도 몇 건의 소송이 있었는데 결과가 하나같이 신통치 않았어요. 그래서 사장님이 이번에 고문 변호사를 조 변호사님으로 바꾸고 싶다고 하시면서 저를 이렇게 보내셨습니다."

아, 이런 일도 생길 수 있구나. 패소의 쓴맛을 안겨준 변호사와 고문계약을 체결하겠다니.

"사장님이 그러시더군요. 적으로 둘 바에는 차라리 우리 편으로 만들어버리자고요, 허허. 그리고 저희 회사가 올해부터 진행될 계약 건이 많습니다. 도와주십시오. 고문 변호사 계약 조건은 어떻게 되나요?"

그렇게 나는 얼떨결에 H사의 고문 변호사가 되었다. 그 이후 H사를 방문하여 H사의 곽 사장과 인사도 나누었다. 과거의 소송은 이제 편하게 이야기할 수 있는 좋은 안줏거리가 되었다. 나도 내심 미안한 마음에 H사의 자문 요청에 대해서는 최우선으로 처리하고 더 열심히 해결하려고 노력했다. 특별히 시간을 내어 H사 직원들을 대상으로 기업법무와 협상에 대한 특강도 여러 차례 진행했다. 덕분에 짧은 시간에 H사의 많은 임직원들과 친분을 쌓게 됐다.

세 번째 인연의 고리, 돌고 돌아 맺어진 인연의 매듭

1년 전쯤 K사의 소송 건을 내게 소개했던 배 이사가 급히 나를 찾아왔다. 배 이사가 다니던 회사가 갑작스러운 유동성 위기를 맞아 6개월째 급여가 나오지 않는 상황에서 대표이사까지 거액을 챙겨 잠적해버렸다는 것이다. 말 그대로 기업이 풍비박산 난 셈이다.

"정말 송구합니다. 혹시 변호사님이 알고 계신 주위 기업 중에 저를 소개할 만한 기업이 있을까요? 워낙 사정이 절박하다 보니 이렇게 염치 불구하고 변호사님께 부탁을 드립니다."

나는 예전에 배 이사가 소송을 도와주었던 K사에 부탁해보는 것이 어떻겠냐고 물어보았다. 그러자 배 이사는 씁쓸하게 웃었다.

“세상인심이 참 야박하더군요. 제가 그때는 후배랍시고 이리 뛰고 저리 뛰며 도와줬는데, 이번에 취직자리를 부탁했더니 완곡하게 거절하더라고요. 제 나이가 이미 쉰이 넘었고, 사장의 선배라는 점이 K사 입장에서는 부담스러웠나 봅니다. 그렇다고 예전 일 들먹이면서 계속 고집 피우는 것은 모양새도 좋지 않고 말입니다.”

나는 최선을 다해 알아보겠다고 말은 했지만 배 이사 나이를 고려할 때 새롭게 취업을 한다는 것은 분명 쉬운 일이 아니었다. 배 이사의 재취업 문제로 고민하고 있던 어느 날, H사 황 상무의 전화를 받게 되었다.

“변호사님, 최근에 저희 회사 본부장이 자기 형이랑 사업을 하겠다고 갑자기 퇴직해버려서 고민입니다. 50대 초반에 직장생활 경험 풍부한 영업 본부장을 찾고 있는데 혹시 주위에 괜찮은 분 없으십니까?”

나는 너무 놀라 순간 호흡을 삼켰다.

“아, 그러세요? 제가 한 분을 알고 있습니다. 능력도 출중하고 인품도 훌륭하십니다. 저와는 10년 인연인데 제가 추천해드릴 만한 분입니다. 지금 근무하는 회사가 내부적으로 복잡한 문제가 있고 CEO의 도덕적 해이 문제도 발생해서 고민이 큰 상황입니다. 제가 한 번 말씀드려볼까요?"

황 상무는 반색하며 말했다.

"조 변호사님이 추천하는 분이라면 대환영입니다. 그분께 잘 말씀드려주세요. 자리 한 번 마련해주십시오."

나는 바로 그날 저녁에 배 이사를 만났다. H사의 현황과 곽 사장의 성향을 자세하게 설명해주었다. 배 이사도 정말 기뻐했다. 그런데 배 이사는 자신이 취업을 지원하는 H사가 예전에 K사와 소송을 진행했던 회사라는 사실을 모르는 것 같았다.

하기야 그때 배 이사는 사건 자체에 깊이 관여했다기보다는 내게 사건을 잘 처리해달라는 부탁만 했었기에 K사가 누구와 소송을 진행했는지 그 내용을 잘 알지는 못했을 것이다. 나도 굳이 그 이야기를 하지 않았다.

배 이사는 H사 곽 사장과의 면접을 거친 후 영업 본부장으로 영입됐다. 이 모든 이야기의 전말을 알고 있는 나로서는 어찌 묘한 감정이 들지 않겠는가.

*

불교에서는 세상의 이치를 '인연(因緣)'으로 설명한다. 어떤 일의 결과를 만들어내는 직접적 원인을 인(因)이라 하고, 그 결과를 내는 데 영향을 준 간접적 원인을 연(緣)이라고 한다. '인'이 씨앗이라면, '연'은 그 씨앗을 키워내는 땅과 물과 바람이다. 한 순간의 선택이 씨앗이 되고, 수많은 만남과 이별이 그 씨앗을 키워내는 자양분이 되는 것처럼, 우리의 삶도 '인'과 '연'의 끊임없는 만남으로 이루어진다.

배 이사가 H사의 영업 본부장으로 옮겨갈 수 있게 된 데는 어떤 인연의 고리가 숨어 있었을까? 배 이사가 순수하게 돕고 싶은 마음으로 K사의 사건을 내게 소개한 것이 '인'이라면, 내가 그 사건에서 보여준 열정, H사가 그 열정을 인정하여 나를 고문으로 영입한 것, 그리고 때마침 H사의 전임 본부장이 사업을 위해 자리를 비운 것, 이 모든 것들이 '연'으로 작용했다.

운명의 여신 모이라이가 돌리는 시간의 물레는 끊임없이 돌아가고, 우리의 선택들은 운명의 베틀에서 씨실이 되어 서로를 엮어간다. 때로는 그 실이 어떤 무늬를 그릴지 알 수 없지만, 선한 마음으로 자아낸 실은 반드시 아름다운 문양으로 돌아온다. 배 이사가 아무런 조건 없이 후배를 위해 발 벗고 나섰던 선행이 돌고 돌아 멋진 인연의 뫼비우스 띠를 만든 것처럼 말이다.

친구와의
불공정 거래

☘

"조 변호사님, 중학교 동창이라는데요?"

비서가 전화를 돌려주었다.

"나 기억하는지 모르겠다. 중학교 2학년 때 같은 반이었던 영춘이야, 황영춘!"

영춘이, 영춘이…… 되뇌어봤지만 기억이 잘 나지 않았다.

"아 영춘이. 기억나지! 야, 이게 얼마 만이냐?"

설레발을 치며 대화를 끌어가다 보면 뭔가 단서가 나오리라는 생각에 아는 척을 했다. 별로 친하지도 않았을 중학교 동창이 25년 만에 연락을 해왔다. 뭔가 법적인 문제라도 있는 걸까. 법원에 급히 제출해야 할 서류를 작업하던 중이라 마음이 급해 친구가 얼른 용건을 말해주길 바랐다.

"그래, 부모님은 잘 계시고?"

"응, 서울에 같이 모시고 살고 있어. 영춘이 넌 어때? 어르신들 잘 지내시고?"

"그렇지 뭐. 애들은 어떻게 되냐?"

“난 딸만 둘이다. 영춘이 넌?”

“하하, 나도 둘이야. 아들 하나, 딸 하나.”

“그래, 무슨 일…… 있니?”

친구는 한참을 말을 돌리다 용건을 털어놓았다. 영춘은 원래 건설 자재 쪽 사업을 했는데, 거래업체가 부도가 나는 바람에 사업은 망하고 큰 빚을 지게 되었다. 이런 저런 일을 하다가 지금은 공기청정기 대여 영업을 하고 있었다.

“내 밑으로 팀원이 다섯 명 있어. 내가 팀장이긴 한데 나도 영업을 해야 해. 주위에 아는 사람 전부에게 영업하고 나니 이제 영업할 사람이 없네. 그래서…….”

요컨대 아는 사람들에게 공기청정기를 팔 수 있게 소개해달라는 부탁을 하려는 것이었다.

“아무래도 너는 변호사니까 주위에 사무실 운영하는 사람들이 많지 않을까 싶어서……. 그래서 말인데, 우리 회사 제품이 괜찮거든.”

영춘은 목소리에 묻어나는 망설임을 어쩌지 못했지만 계속 말을 이었다.

“사실 내가 몇 달째 실적이 없어서 이러다간 팀장 자리도 내놔야 할 판이야. 팀장 자리 유지하려면 내가 기본 실적은 올려야 해서 그런다.”

공기청정기라……. 나는 영춘에게 제품의 특장점과 모델명, 구체적인 대여 조건 등을 물었다. 그러자 영춘은 오후에 내 사무실로 오겠단다. 나는 굳이 오지 않아도 알아보고 연락을 준다고 했으나 영춘은 기어이 찾아오겠다고 했다. 미안한 마음에 인사라도 하고 싶어 하는 듯해 그러라고 했다.

영춘의 전화를 끊고 나서, 휴대전화에 저장된 이름들을 넘겨보며 편하게 부탁할 만한 사람을 물색해보았다. 우선 무료로 법률 상담을 해줬던 사람들이 떠올랐다. 예전에 도와준 사람들에게 이럴 때 부탁을 해야지, 생각하며…….

"김 사장님, 안녕하세요?"

"아, 조 변호사. 오랜만이네. 연락이 뜸했어요. 언제 골프나 한 번 쳐야지?"

"아 네, 그런데 그보다도 공기청정기 필요 없습니까?"

"예? 공기청정기요?"

김 사장은 몇 달 전 처제 전세금 문제로 상담을 요청해와 내가 해결책을 알려준 바 있었다. 시간이 없어 단도직입으로 용건을 얘기했다. 아울러 공기청정기가 왜 필요한지 급하게 찾아본 인터넷 자료를 근거로 보충 설명도 했다. 김 사장은 내 설명은 듣는 둥 마는 둥 하고는 흔쾌히 승낙을 했다.

"조 변호사 부탁이라면 해야죠. 우리 사무실에 두 대 놓겠습니다."

나는 대여섯 명에게 전화를 걸어 '단도직입 화법'으로 공기청정기를 추천했다. 부담감이 없진 않았으나 다들 선선히 부탁을 들어주어 30분 만에 열 대를 예약했다. 그동안 헛살지 않았구나 싶어 마음이 뿌듯했다.

*

영춘은 오후에 사무실을 찾아왔다. 얼굴을 보니 그제야 어렴풋이 기억이 났다. 아무리 친구지간이라 해도 부탁을 하러 온 입장에서는 주눅이 들게 마련이다. 나는 영춘의 마음을 편히 해주려고 학창 시절 얘기를 적당히 나누다가 고객 명단이 적힌 종이를 내밀었다.

"영춘아, 내가 편하게 부탁할 수 있는 사람들이거든. 혹시라도 마음 바뀔 수 있으니 오늘 오후에 전부 전화 걸어서 확정 지어라."

"아니, 이렇게나 많이……."

영춘은 종이를 받아들고는 말을 잇지 못했다. 나는 어깨를 으쓱했다.

"변호사 일을 하다 보면 다른 사람 일을 도와줘야 할 때가 있거든. 그때 쌓인 부탁 쿠폰, 이럴 때 쓰는 거지 뭐."

"내가 이렇게 민폐만 끼치네."

"아이고 무슨 말씀. 친구끼리 돕고 사는 거지 뭐. 내가 이번 주까지 계속 알아볼게. 그리고 내 사무실하고 우리 집에도 하나씩 놔줘."

혹여라도 친구가 주눅 들까 봐 분위기를 띄우려고 너스레를 떨었다. 그의 얼굴에서 감당하고 있는 삶의 고단함이 느껴졌다. 부탁을 하기 위해 25년 만에 중학교 동창에게 전화를 한 그 마음이 어땠을까. 그 마음이 헤아려져 표정이나 말투를 조심했다.

친구를 돌려보내고 나서 이틀 동안 주변 지인들에게 연락을 돌려 열다섯 대를 추가로 예약할 수 있었다. 내가 아니라 내 친구 일이라며 부탁을 하니 오히려 더 말하기가 수월했다. "친구를 위해 이렇게 발 벗고 나선다니 참 보기 좋군요."라는 덕담까지 들었다.

며칠 후 퇴근 무렵 영춘이 전화를 걸어왔다.

"조 변호사, 자네가 지금 로펌에서 근무하잖아? 그럼 내가 주위 사람들 사건을 자네에게 소개해주면 도움이 좀 되나?"

"그야 당연히 도움이 되지. 어차피 변호사도 고객을 찾아야 하니까."

"사건을 로펌에서 진행해도 자네 개인에게 도움이 된다는 얘기지?"

"그럼, 내 실적으로 잡히는 거니까."

"그런 거로군. 그래, 알았다!"

그 후 나는 영춘의 소개로 다양한 사건을 의뢰받게 되었다.

"조 변호사님이시죠? 황영춘 팀장 소개로 전화드립니다. 우리 회사 직원이 회사 영업비밀을 갖고 경쟁사로 스카우트돼 갔는데요. 이런 경우 어떤 조치를 취할 수 있을까요?"

"황영춘이 제 후배인데 말입니다. 조 변호사님 실력이 아주 뛰어나다고 칭찬을 많이 하더라고요. 납품해놓고 못 받은 돈이 3억 원이라 이걸 소송으로 해결하고 싶은데 어떻게 상담하면 될까요?"

공기청정기 영업을 못 해서 쩔쩔매던 친구는 갑자기 유능한 법률사무소 영업 사무장으로 변신했다. 뒤에 들은 얘기지만 영춘은 만나는 사람마다 어김없이 이런 말을 했다고 한다.

"혹시 법률적인 문제 없습니까? 제가 정말 잘 아는 유능한 변호사가 있는데……"

내가 "공기청정기 필요 없습니까?"라는 단도직입 화법을 썼듯이 말이다.

연말에 1년간의 내 수임 실적을 계산해봤더니 영춘의 소개로 수임한 사건이 전체 사건 대비해서 건수로 30퍼센트, 금액으로 40퍼센트에 달했다. 공기청정기 영업을 조금 도와준 일과 비교가 안 될 정도의 '불공정 거래(?)'를 한 셈이다.

영춘은 1년 후 공기청정기 영업을 그만두고 원래 전공인 건설 자재 일에 다시 뛰어들었다. 선배가 하는 일을 도와주기로 했다고 한다. 1년에 술을 열 번도 안 마시는 나와는 정반대로 1년에 300일 술을 마시는 영춘은 요즘도 계속 나 대신 밤에 술을 마시며 열심히 로펌 영업을 하고 있다.

"혹시 집에 법률적인 문제 없습니까? 제가 정말 잘 아는 변호사가 있는데……."

*

당시는 나 역시도 변호사로서 영업이 필요한 때였다. 영춘에게 공기청정기 영업을 도와주면서 "자, 내가 이렇게 도와줬으니 자네도 내 변호사 영업을 좀 도와줘."라고 말했을 수도 있다. 하지만 그런 생각은 꿈에도 하지 않았다. 친구의 자존심을 다치게 하지 않으면서 어떻게 그에게 실질적인 도움을 줄 수 있을까만을 고민했다. 나의 그런 진심이 고스란히 친구의 마음에 전해진 것이다.

어려운 상황에 놓인 사람은 평소보다 민감하다. 작은 일에 상처받기도 하지만 그만큼 작은 배려에도 큰 위안을 받는다. 도움을 요청하는 모든 손길에 응할 수는 없다. 습관처럼 여기저기 손을 벌리는 사람들이 있는 것도 사실이다.

하지만 주위의 힘든 사람이 어렵사리 도움을 청했을 때 능력이 닿는 한에서 손을 잡아줄 수 있어야 한다. 그것이야말로 같은 시대를 살아가는 사람으로서의 연대요, 인간다움이다.

냉정과
온정 사이에서

☘

지방도시 법원에서의 재판은 서울 법원과는 다른 독특한 느낌이 있다. 조금 더 포근하고 인간적인 기분을 느끼게 한다고나 할까.

경상도 소도시에 있는 지방법원 지원에 도착한 나는 사건을 진행하기 위해 102호 법정으로 들어섰다. 판사석을 보니 대학 후배인 판사 K가 재판을 진행 중이었다. 나보다 1년 늦게 사법시험에 합격했던 K. 그동안 통 연락을 하지 못하다가 이렇게 10여 년 만에 법정에서 판사와 변호사로 만나게 되니 감회가 새로웠다.

K는 대학 시절 도서관에서 나와 자주 법리적인 논쟁을 벌였던 열정적 학구파였다. 나는 그의 열정적인 모습뿐만 아니라 나와 같은 시골 출신이라는 것에 친숙함을 느꼈다.

특히 한 장면이 지금도 기억난다. 어느 해 겨울, 우연히 K가 찢어진 운동화를 신고 있는 것을 보고는 무슨 생각에서였는지 아르바이트를 해 모아둔 돈으로 운동화를 하나 선물했었다. 지금 생각해보면 그 친구는 복잡한 마음이었을 수도 있었을 텐데 고맙게 받아주었다. 그 시절이 엊그

제 같은데 세월은 참 많이도 흘렀다.

내 변론을 마친 후 변호사석에서 가방을 챙기며 K가 다음 재판을 진행하는 모습을 지켜보았다. 듣자 하니 사건 내용이 심상치 않았다. 원고는 B캐피탈, 피고는 어느 할아버지였다.

*

B캐피탈은 11년 전 할아버지의 아들에게 3천만 원을 대출해줬고 할아버지는 아들의 대출채무에 대해 연대보증을 섰다. 그런데 돈을 빌린 지 6개월 만에 아들이 불의의 사고로 사망했다.

B캐피탈은 오랜 시간이 흐른 다음에야 서류에서 할아버지가 연대보증을 선 것을 발견하고는 대출채무를 갚으라고 소송을 제기했다. 연체기간이 10년이 넘다 보니 이자가 원금보다 더 커져 소송금액이 무려 9천만 원이 넘었다.

B캐피탈은 할아버지 집에 가압류까지 걸어놓은 상태였지만 할아버지는 변호사를 선임하지 않고 혼자서 재판을 진행하고 있었다.

"판사님, 우리 부부가 평생 고생해서 겨우 집 하나 갖고 있습니다. 한 번만 선처해주이소."

할아버지의 떨리는 목소리가 법정에 울렸다. 이 사건에서 할아버지가 패소하면 B캐피탈은 할아버지 집을 경매에 넘긴 후 낙찰대금에서 자신들의 채권을 먼저 회수해갈 수 있다. K는 B캐피탈 측 변호사에게 질문을 했다.

"이렇게 오랫동안 묵혀뒀다가 소송을 하시면 어떻게 합니까?"

변호사는 대답했다.

"내막을 알아보니 담당자가 여러 번 바뀌면서 사건 서류가 제대로 관리되지 못했나 봅니다."

소송을 늦게 제기했다고 해서 재판을 안 할 수는 없는 노릇이었다.

"판사님, 제발 저희 늙은이들에게 선처를 베풀어주이소……."

할아버지는 계속 읍소했다. 하지만 민사재판이라는 것이 하소연한다고 한들 법리적 타당성이 없으면 원하는 결론을 얻을 수 없다. K는 B캐피탈 측 변호사에게 물었다.

"이 사건, 조정할 생각이 없으신가요? 보니까 피고 사정이 딱한 것 같은데요."

K는 원고 청구 금액 중 일부를 양보하고 적절한 선에서

타협할 것을 권유하고 있었다. 하지만 변호사는 건조하게 대답했다.

"저희 의뢰인은 조정할 생각이 없을 겁니다. 그냥 판결을 내려주십시오."

K는 아주 난감한 표정을 짓고 있었다. 법리와 인정 사이에서 고민하는 듯했다. 내가 익히 알고 있는 그의 성품이라면 할아버지에게 패소판결을 내리는 것에 대해 정말 마음 아파할 것 같았다. 하지만 판사는 법에 정해진 대로 재판을 하는 사람일 뿐 억울하다고 생각하는 사람 편을 마냥 들어줄 수는 없다. K는 할아버지에게 조언을 했다.

"할아버지, 이 사건을 혼자서 진행하지 마시고 변호사나 법무사를 통해서 제대로 진행하십시오. 상대방의 주장에 대해 법적으로 대응하셔야 합니다. 그냥 선처해달라고 하시면 판사들은 도와드릴 수가 없습니다."

민사재판에서의 판사는 철저히 중립을 지켜야 한다. 판사는 원고나 피고가 주장한 내용에 대해서만 판단을 해야 한다. 이를 '당사자주의' 혹은 '처분권주의'라고 하는데, 원고나 피고가 자신에게 유리한 공격과 방어 방법이 있을 경우 그것을 법정에서 명시적으로 주장하지 않으면 판사는 이를 임의대로 판단할 수 없다는 원칙이다.

참 딱하다는 생각을 하며 변호사석에서 일어서려는데 K가 나를 힐끗힐끗 쳐다보는 것이 느껴졌다. 그러더니 다시 할아버지께 큰 소리로 이렇게 말하는 것이다.

"할아버지, 제가 다시 한 번 말씀드리는데요, 기록을 잘 살펴보시면 답변할 내용이 있습니다. 저는 판사라서 그것을 가르쳐드릴 수는 없고요. 꼭 변호사님을 찾아가서 기록을 한 번만 봐달라고 하십시오. 그러면 좋은 방법이 나올 수도 있습니다."

K는 이 말을 하면서 세 번이나 나를 쳐다봤다. 마치 할아버지가 아닌 내게 하는 말 같았다.

*

나는 일단 법정을 나왔다. 곧이어 할아버지가 눈물을 닦으며 법정을 나왔다. 나는 할아버지에게 명함을 내밀고는 소송기록을 잠깐 보여줄 수 있느냐고 물었다. 할아버지는 선선히 기록을 내밀었다. 그리 두껍지 않은 소송기록이었고 전체를 읽어보는 데 10분이면 충분했다. 나는 왜 K가 좀 전에 나를 그렇게 쳐다봤는지 이해할 수 있었다. '소멸시효(消滅時效)' 문제였던 것이다.

권리도 영원할 수는 없다. 누군가에게 돈을 빌려주었더라도 채권자가 일정 기간 동안 그 권리를 행사하지 않으면 채무자는 "당신은 왜 오랫동안 내게 돈을 갚으라고 하지 않았소?" 하고 채권자의 청구에 대해 거부권을 행사할 수 있다. 이것이 바로 일정한 시간이 흘러감에 따라 권리를 소멸시키는 '소멸시효의 법리'다. 그런데 재판과정에서 소멸시효의 이익을 얻으려면 채무자 본인이 소멸시효를 직접 주장해야 한다. 채무자가 소멸시효 주장을 하지 않는데 판사가 직권으로 소멸시효 판단을 하면 이는 위법한 재판이 된다.

B캐피탈이 할아버지의 아들에게 돈을 빌려준 것이 11년 전이고 그 아들이 이자를 갚다가 사망한 것은 10년 6개월 전이다. 그렇다면 결국 B캐피탈은 10년 6개월 전부터 보증인인 할아버지에게 돈을 갚으라는 청구를 할 수 있었는데 이를 게을리하다가 이제야 그 청구를 한 것이다. 할아버지는 법정에서 눈물로 애원할 것이 아니라 "원고의 채권은 이미 소멸시효가 완성되었습니다. 따라서 원고의 청구는 기각되어야 합니다."라고 주장하기만 하면 해결될 수 있는 일이었다.

나는 할아버지를 모시고 근처 PC방으로 갔다. 그곳에서

20분 정도 시간을 들여 간단한 준비서면을 작성한 후 출력했다.

"할아버지, 이 서류를 지금 법원에 가서 접수하세요."

할아버지는 어안이 벙벙했지만 그래도 변호사라는 사람이 서류를 만들어주니 신뢰하는 눈치였다. "정말 감사합니다."라며 연신 고개를 숙이던 할아버지는 총총히 법원으로 들어갔다.

두 달쯤 지났을 무렵 사무실로 K가 전화를 걸어왔다. 뜻밖의 전화였다.

"선배님, 그때 그 할아버지 건은 잘 해결됐습니다. 오늘 할아버지가 승소하셨습니다."

"어? 그걸 왜 내게?"

"할아버지 재판 당일 바로 준비서면 접수됐잖아요. 선배님 작품인 거 압니다. 저도 그 정도 눈치는 있습니다."

"판사가 그렇게 마음이 물러서 어떡해?"

"어려운 사람을 도와야 한다는 생각은 선배님께 배운 겁니다. 예전에 제게 책 주셨던 거 기억하세요?"

책이라……. K가 이야기를 하니 그제야 기억이 났다. 내가 사법시험에 합격한 직후 하숙집을 찾아온 K가 주저하며 어렵게 말을 꺼낸 적이 있었다.

"선배님, 혹시 보시던 책 몇 권 주실 수 있으신가요?"

법률서적이 워낙 비싸서 K 같은 지방 고학생들에게는 만만치 않은 부담이었다.

"그래, 안 그래도 저놈의 책들 징글징글하다. 모조리 가져가버려. 난 깨끗한 책 사서 보면 되지."

나는 이렇게 말하며 20여 권의 책을 그에게 줬다. 그때 일을 아직도 기억하고 있었던 모양이다.

*

판사는 수많은 분쟁에 대해 양측의 주장을 들어 판단하고 그 결과를 선언하는 사람이다. 변호사는 자신에게 일을 맡긴 의뢰인의 입장만 대변하면 되지만 판사는 분쟁 당사자 양측의 주장을 모두 듣고 공정한 결론을 내야 하기 때문에 그들이 느끼는 직업적인 고민은 변호사보다 더 클 수 있으리라 생각한다.

"법에도 인정(人情)이 있나요?"라는 질문을 하는 사람들이 있는데, 법을 다루는 사람들이 개인적인 인정에 이끌려 사건을 처리할 때는 문제가 발생할 수 있다. 하지만 나는 법의 엄격함 속에서도 K처럼 따뜻한 시선을 잃지 않는 법관들이 많아지길 바란다. 그것이 우리 사회를 조금 더 따뜻하게 만들 수 있지 않을까. 앞으로도 법정에서 K와 같은 이들이 냉정과 온정 사이에서 균형을 잃지 않는 사려 깊은 재판을 진행해주길 기원하고 또 응원한다.

판사는 어떻게
피고인이 되었나

♣

강준혁. 수도권 지방법원 10년차 판사.

매일 아침 법복을 입을 때마다 느껴지던 그 무게감이 어느덧 일상이 되어버렸다. 부장판사가 되려면 아직도 최소 4, 5년은 더 기다려야 했다. 준혁 본인도 부장판사 타이틀을 달아보고 싶지만 고민이 많았다.

아버지가 병원에 계신 지 벌써 1년째다. 통원치료로 감당하기 힘든 병세라 장기입원 중이었고 여동생이 가끔씩 병원에 가서 살펴보지만 계속 간병인을 두어야 해 비용이 꽤 들었다. 거기다 애들 교육비도 만만치 않았다. 시골에서 혼자 공부해 대학과 사법시험에 무난히 합격한 준혁으로서는 요즘 애들에게 왜 그렇게 많은 사교육을 시켜야 하는지 이해할 수 없었다. 남들보다 뒤처지게 할 수 없다는 아내의 강력한 주장에 본인 연봉으로 감당하기 힘들 만큼 큰돈을 세 아이의 사교육비로 부담하고 있었다. 법과 정의를 수호한다는 법관의 사명감보다 생활인으로서의 현실이 더 무겁게 느껴지는 나날이었다.

내심 준혁은 '사표 내고 변호사 생활을 시작해볼까?' 하는 생각을 진지하게 했다. 그러나 막상 주위 이야기를 들어보니 법률시장이 불황이었기에 단독 개업은 엄두가 나지 않았다. 사교적인 성격으로 인맥도 탄탄했던 선배 황 판사도 2년 전 호기롭게 변호사 사무실을 단독 개업했다가 처음 몇 달만 반짝하고는 고전하고 있다는 소문을 들었다. 대형 로펌으로 스카우트되면 가장 좋겠지만 부장판사 출신도 아니고 특별히 전문화된 커리어도 갖추지 못한 평판사를 좋은 조건으로 스카우트할 로펌은 찾기 어려웠다.

그러던 어느 날, 준혁은 오랜만에 고등학교 동창회에 참석했다. 거기서 부동산 시행업으로 승승장구하고 있다는 친구 박종태를 만났다. 동기들 사이에서 박 사장은 유명했다. 학창 시절, 공부와는 거리가 멀었지만 호탕하고 남자다운 성격으로 인기가 많았는데 사업에서도 성공을 거둔 모양이었다. 학창 시절 성적과 인생 성적은 정비례하지 않는다는 말이 실감이 났다. 동창회 2차 자리에서 종태는 준혁 옆에 앉아 이런저런 이야기를 나눴다.

"강 판사, 넌 우리 동문의 자랑이야. 알지? 얼른 부장 달고, 언젠가는 대법관 자리에도 올라야지. 안 그래?"

준혁은 술이 좀 취하기도 해서 편하게 속에 있는 말을 털어놨다.

"할 줄 아는 게 이것밖에 없으니 하는 거지, 뭐. 난 솔직히 종태 네가 부럽다."

종태는 준혁의 어깨를 툭 치며 말했다.

"천하의 강 판사가 무슨 얘기야. 나는 장사꾼에 불과하지만 자넨 공적인 일을 하고 있잖아, 공적인 일을. 얼마나 멋져? 사명감도 있을 테고 말이야."

"사명감이라……. 그래, 그래야 하는데……. 현실이 나를 좀 힘들게 하네."

종태는 우울한 낯으로 말을 흐리는 준혁을 물끄러미 바라보더니 따로 시간을 내어 한 번 보자고 했다.

*

일주일 뒤 준혁과 종태는 법원 앞 일식집에서 만났다.

"강 판사, 그날 자네 얘길 듣고 내가 생각 좀 해봤는데 말야. 음…… 허심탄회하게 얘기해도 될까?"

종태는 의미심장한 표정을 지으며 말을 이어갔다.

"여기까지 올라오는데 나도 정말 우여곡절이 많았어. 그래도 어려울 때마다 좋은 사람들이 있어서 큰 힘이 됐지. 이제 내 회사도 한 단계 도약해야 하는 중요한 시점에 왔거든. 동탄 쪽에 2천 500억 원 규모의 부동산 시행 프로젝트가 있는데 말이야."

종태의 설명이 이어졌다.

"그런데 우리 회사는 매출 규모에 비해 제대로 된 인재가 부족해. 그래서 요즘 실력 있고 믿을 만한 사람을 물색하는 중이야. 회사가 커지다 보니 계약 문제도 많아져서 필요할 때마다 변호사나 법무사를 소개받아 물어보고 진행했는데, 이젠 아예 내 사람을 회사 내부에 들여앉히고 싶거든."

"법무 담당자를 고용하면 되겠는데?"

"물론 법무 담당자도 생각했는데, 단순 실무자가 아니라 사업의 전체 방향까지 함께 고민하고 논의할 수 있는 사람이 있어야 하겠더라고. 지난번 동창회 때 보니까 자네가 고민이 있는 것처럼 보여서 말이야. 내가 감히 제안 하나 할까 하는데……. 자네, 우리 회사 법무 담당 임원으로 오지 않겠어? 내가 스카우트하고 싶은데."

법무 담당 임원이라니, 준혁은 적잖이 놀랐다. 그냥 점심이나 한 끼 하는 자리인 줄 알았는데 이런 얘기를 들을 줄은 생각지 못했다. 놀란 마음을 진정시키고 나니 구체적인 조건이 궁금해졌다.

"그때도 말했지만 자네는 단순히 내 친구 이상의 의미가 있는 우리 동문의 자랑이잖아. 나도 자네에게 걸맞은 예우를 해주고 싶어. 섭섭지 않은 정도로 해줄 수 있거든. 그래서 말인데……."

종태는 사업가답게 미묘할 수도 있는 돈 문제를 딱 부러지게 제시했다.

"일단 이건 내 생각이고 자네와 협의해서 조정할 수 있어. 연봉은 3억 원 정도, 월 판공비는 500만 원이고 품위유지를 위해 중형 차량과 운전기사도 제공할게. 그리고 동탄 사업은 별도의 특수목적법인(SPC)을 세워서 진행할 텐데, 그쪽 시행 수익을 200억 원 정도로 예상해. 그 특수목적법인 지분 10퍼센트를 자네에게 배정할 거야."

준혁은 종태가 말한 조건들을 머릿속에서 계산해보았다. 어질어질했다. 종태의 말은 이어졌다.

"솔직히 강 판사가 나 같은 부동산쟁이랑 같이 일하는 게 격이 안 맞을지도 몰라. 2년 정도만 도와줘. 2년 정도 나랑 일하면 이 바닥에서 일하는 업자들을 많이 알게 될 거야. 그 후에 변호사로 단독 개업하면 그들이 좋은 밑거름이 될 거야. 물론 2년 후에도 나랑 같이 일할 수 있다면 나로서는 고마운 일이고. 강 판사의 실력과 신용이라면 나는 천군만마를 얻는 셈이지."

준혁으로서는 거절하기 어려운, 아니, 놓칠 수 없는 대단히 매력적인 제안이었다. 준혁은 가족과 상의해보고 답을 주겠다고 했다. 준혁의 부인은 딱 한 가지만 물어보고 싶다고 했다.

"그 사람, 믿을 만한 사람이에요?"

준혁은 사업이야 잘될 수도 있고 안 될 수도 있지만 사람 자체는 믿을 만하다고 말했고, 준혁의 부인은 그렇다면 준혁의 결정에 동의한다고 했다. 준혁은 얼마 뒤 법원에 사표를 내고 종태 회사의 법무 담당 임원이 되었다.

판사를 하다 개업한 변호사들은 법원을 출입하면서 소송 업무를 해야 하는데 준혁은 그럴 일이 없어 마음이 편했다. 판사로서 법대(法臺)에 앉아서 재판하다가 법대 아래에서 변론을 하는 자신의 모습이 영 어색할 것 같았기 때문이다.

회사에서의 업무 내용도 기대 이상이었다. 다양한 계약서를 검토해서 문제점을 체크하고 사업 진행 리스크 전반을 점검하는 일이 많았는데, 재판을 하고 판결문을 쓰는 일보다 훨씬 역동적이고 보람 있었다. 주말에는 기사 딸린 차량을 타고 가족들과 여행을 다녔고, 기존 대출금도 상당

부분 갚을 수 있었다.

종태의 사업 수완은 탁월했다. 특유의 친화력과 치밀함이 돋보였다. 역시 사업을 하는 사람은 DNA부터 다른가 싶었다. 종태는 사업 파트너들이나 투자자들을 만날 때 꼭 준혁을 데리고 갔다.

"너도 이제 사회에 나왔으니 다양한 사람들을 만나면서 내공을 쌓아야 해. 어차피 나중에는 변호사 업무로 복귀할 거잖아? 그때를 대비해서 미리미리 의뢰인을 확보해둔다고 생각해. 내가 좋은 사람들을 소개해줄게."

준혁은 이런 배려들이 참으로 고마웠다. 종태가 별도로 설립했고 준혁에게 10퍼센트의 지분이 배정된 특수목적 법인의 이름은 '(주)트러스트 리얼티'였다. 이 회사는 여러 투자자들에게서 자금을 모집해 토지를 매수하고 건설사를 끌어들여 매수한 토지 위에 주상복합건물을 지어 분양한다는 계획을 세우고 일을 진행했다. 종태의 노력으로 일곱 명의 투자자로부터 약 300억 원의 자금을 조달했다.

*

준혁이 종태의 회사에 합류한 지 6개월쯤 지났을 무렵

이었다. 준혁은 여름휴가를 맞아 가족들과 함께 7박 8일간의 하와이 여행을 마치고 돌아왔다. 회사에 출근하니 사무실에 투자자들이 모여 웅성거리고 있었다.

"강 변호사! 도대체 박 사장은 어디 간 거요?"

투자자 중 한 명이 준혁을 보자마자 삿대질을 하며 버럭 소리를 질렀다. 영문을 알 길 없는 준혁은 종태에게 전화를 걸어보았다. 전화기가 꺼져 있었다. 종태와 항상 같이 움직이던 직원 두 명도 같이 연락 두절이었다.

몇 시간 뒤 회사 예금통장에 잔고가 거의 없음을 발견한 준혁은 뭔가 크게 어긋났음을 깨달았다. 최근 며칠 동안 여러 차례에 걸쳐 인출되었다. 도대체 어떻게 된 일인지 당황스럽기만 했다.

투자자들은 준혁에게 투자계약서를 들이밀며 만약 문제가 생길 경우 준혁이 자기네 투자금을 갚아야 한다고 소리쳤다. 이건 또 무슨 소리인가. 투자금은 말 그대로 투자금일 뿐 이를 회사의 이사에 불과한 자신이 개인적으로 책임질 이유가 없다. 준혁은 자신이 예전에 검토했던 계약서를 다시 꼼꼼히 살피다가 소스라치게 놀랐다.

제목은 투자계약서라고 되어 있었지만 내용이 달랐다. 투자자들이 원할 경우에는 투자금을 투자자에게 반환하도록 내용이 바뀌어 있었으며, 반환 책임은 대표이사 박종태와 이사 강준혁이 연대해서 진다고 되어 있었다. 계약서는 당초 준혁이 검토했던 원본과 달랐고, 주요 조항들이 교묘하게 변경되어 있었다. 하지만 계약서에 날인된 도장은 분명 준혁의 인감도장이었다. 사업을 진행하다 보면 도장 찍을 일이 자주 있으니 회사에 맡겨두는 게 편할 거라는 종태의 말을 믿고 준혁은 자신의 인감도장과 신분증을 회사에 맡겨두었던 것이다.

"우리가 왜 이 회사에 투자한지 아시오? 변호사인 당신이 이사 겸 주주로 있고, 이렇게 계약으로 투자금 반환을 약속했기 때문이오. 박 사장도 당신 얘기를 많이 했소. 당신이 변호사로서 재력도 충분하다고 했고. 우리와 만날 때마다 항상 박 사장과 같이 나왔잖소?"

머리가 멍했다. 뒤통수를 세게 얻어맞은 것 같았다. 준혁은 계약서에 본인 도장이 찍혀 있지만 자신이 직접 찍은 적이 없다고 항변했지만 통하지 않았다. 투자자들은 격하게 반응했다.

"이것들이 짜고 우리를 속인 거 아냐? 아직도 우리 사회에서는 변호사라고 하면 믿고 넘어간단 말이야. 그걸 교묘하게 악용해? 이 나쁜 놈들!"

그 일로 준혁은 투자금 반환 소송을 당했고, 사기죄로 고소까지 당했다. 결국 형사재판 1, 2심을 거쳐 징역 3년의 실형이 확정됐고, 민사소송에서도 패소해서 전 재산은 모두 경매 처리되고 말았다.

이상이 친구에게서 전해 들은 대학 후배 강준혁 판사 사건의 전모다.

"그럼 박 사장은 처음부터 친구인 준혁이를 이용해 먹으려 했다는 건가?"

나는 친구에게 물었다. 친구도 특별히 아는 바 없다는 듯 어깨를 으쓱했다.

"그게 미스터리야. 준혁이는 아직도 박 사장이 고의적으로 그런 건 아니라고 생각하는 눈치야. 왜냐하면 자기에게 정말 잘해줬거든. 박 사장은 아직도 도피 중이야. 박 사장이 처음부터 고의적으로 친구를 속인 건지, 아니면 일을 진행하다 딴 마음이 들어서 그랬는지는 알 수 없지만 친구 인생을 망친 건 사실이지. 하여튼 헛똑똑이 법조인들은 조심해야 해."

교도소 안에 있는 준혁에게 박종태라는 친구는 어떤 모습으로 떠오를까. 많은 것을 생각하게 하는 이야기다.

*

준혁은 친구 종태의 제안이 너무 매력적이라는 점에 대해 의심을 가졌어야 했는데 그러지 못했다. 만약 준혁이 이 사례를 판사 시절 자신이 담당했던 재판의 사건 기록에서 보았다면 어땠을까? '박종태의 이런 솔깃한 제안 이면에 어떤 위험요소가 있지 않을까' 하는 점을 분명 생각했을 것이다. 하지만 그것이 자신의 문제가 되었을 때 그는 객관성을 잃어버렸다. 그 제안을 한 사람이 친구였고, 본인도 새로운 돌파구가 필요한 시점이었기에 그런 상황들과 욕구가 맞물려 판단력을 흐리게 했다.

본인의 일에서 객관성을 유지하기란 참으로 어려운 일이다. 오랜 경험과 지식도 눈앞의 유혹 앞에서는 무력해질 수 있다. 노자는 "복(福)이란 화(禍)가 잠겨 있는 곳이다."라고 했다. 화와 복이 함께 움직인다는 것을 아는 사람은 갑자기 들이닥친 복을 덥석 잡지 않는다. 갑작스러운 행운 앞에서도 한 걸음 물러서서 생각할 수 있는 여유, 그것이 우리에게 필요한 지혜일 것이다.

너에게서 나온 것은
너에게로 돌아간다

☘

"변호사님, 강 회장님께서 사전 약속도 없이 회의실에 오셨는데요."

비서가 조심스럽게 말을 꺼냈다. "한 10분 정도만 뵈면 된다고 하시는데……. 어떻게 하죠?"

평소 내가 강 회장을 부담스럽게 여긴다는 것을 눈치채고 있던 비서는 이날 아침 큰 사건에서 패소한 내 심기가 평소보다 더 불편하다는 것을 알고는 난감한 표정을 지으며 물었다.

"휴, 이번엔 또 뭐 때문이랍니까? 도대체 약속도 없이 이렇게 불쑥 찾아오시면 나더러 어쩌라는 건지."

나는 볼멘소리로 괜히 애꿎은 비서에게 퉁명스럽게 대꾸했다.

강 회장은 어느 사장님 소개로 알게 된 분인데 예전에 기업을 운영한 경력이 있다고는 하지만 현재는 직함만 회장이지 특별히 일을 하고 있지는 않았다. 워낙 깍듯하고 성품이 좋은 분이라 처음 몇 번 만났을 때는 나도 그분에 대한 인상이 좋았다. 그런데 만남이 계속될수록 피로감이 쌓여갔다. 강 회장은 자신의 주위 사람들이 겪는 온갖 법률적인 문제를 내게 상담했다. 처음에는 호의로 받아들였지만 언제부터인가 조금씩 불편한 마음이 들었다.

대형 로펌에 소속된 변호사들은 매월 달성해야 할 매출 목표가 정해져 있다. 그 목표를 달성하지 못하면 연말에 상당히 피곤한 일들이 생긴다. 로펌 변호사들은 하루에 얼마만큼의 많은 빌링아워(billing hour), 즉 자문료를 청구할 수 있는 시간을 기록했는지가 중요한 평가기준이 된다.

그런데 강 회장과의 면담시간은 빌링아워가 될 수 없었다. 그분의 선의를 알기에 내게 법률상담을 신청하면 거절하지 못했지만 어느 시점부터 점차 부담이 되기 시작했다. 매번 주위 사람들의 고충처리를 위해 분주해하는 모습에서 실속 없이 오지랖만 넓은 분이라는 생각까지 들었다.

이래저래 나로서는 강 회장의 방문이 달갑지 않은 것이 사실이다. 그래서 언젠가는 "더 이상 상담해드리기 곤란합니다. 이제 그만 연락하시지요."라는 최후통첩을 하기로 마음먹고 있었다. 그리고 드디어 그 기회가 온 것이다. 소송에서도 패소해서 기분이 좋지 않은 상황인 데다 그동안 충분히 도움을 드렸다고 생각했기에 오늘 과감히 이별통보를 하는 것이 좋겠다는 확신이 들었다.

*

비장한 마음을 먹고 회의실로 들어갔다. 그런데 강 회장 옆에 카리스마 있는 신사분이 앉아 있었다. 또 누군가의 상담 건을 들고 오셨구나 싶어 떨떠름한 표정을 지으며 자리에 앉았다.

"조 변호사님, 매번 내가 이렇게 신세만 집니다. 이 친구가 최근에 큰 사업을 하나 시작했는데 그 큰일을 진행하면서 변호사 없이 일을 시작하려고 하기에 내가 당장 잡아왔지요. 앞으로 잘 부탁합니다."

함께 온 최 회장은 강 회장과 어릴 때부터 친구지간이었다. 최 회장이 사업을 시작한 이후 몇 번의 고비를 맞을 때마다 당시만 해도 형편이 괜찮았던 강 회장이 결정적인 도움을 주었다고 한다. 최 회장은 그 도움을 잊지 못한다며 강 회장을 은인이라고까지 표현했다.

최근 두 사람은 우연히 다시 만나게 되었고, 최 회장은 자신에게 도움을 줬던 친구가 힘들게 사는 상황을 보고 자기 회사 고문으로 영입했다. 강 회장이 최 회장 회사에 고문으로 영입되면서 제일 처음으로 한 일이 최 회장 회사의 고문 변호사로 나를 추천한 것이다.

강 회장은 그동안 내게서 여러 차례 법률검토를 받다 보니 법에 관해서는 준전문가가 되어 있었다. 강 회장은 최 회장이 추진하는 일에 대해 몇 가지 지적을 했고, 앞만 보고 달리던 최 회장은 강 회장의 말에 귀를 기울이게 되었다.

"제가 사실 주위에 변호사 후배들도 많습니다. 그런데 강 회장이 조 변호사님은 다른 변호사들과 다르다며 워낙 칭찬을 많이 해서요."

최 회장은 예리한 눈빛을 번득이며 말했다. 조금 전까지 빌링아워를 생각하던 나는 얼굴이 화끈거렸다.

"사실 제가 이제부터 큰일을 많이 벌여야 하는데 항상 마음 한쪽이 찜찜했습니다. 강 회장이 고문을 맡으면서 법률적인 업무도 담당해주어 한결 마음이 든든합니다. 이 친구 못 보던 사이에 거의 변호사가 되었더군요. 앞으로 강 회장과 협조해서 저를 많이 도와주십시오."

그 자리에서 나는 얼떨결에 최 회장이 경영하는 네 개 회사의 고문 변호사가 되었다. 그리고 그 이후로 강 회장과 긴밀하게 연락을 주고받으면서 네 개 회사의 다양한 소송과 자문 사건을 처리했다. 최 회장의 회사는 내가 맡은 어느 자문기업보다도 수익성이 좋은 기업이 되었고 인연은 그 후로 오랫동안 이어졌다.

그토록 나에 대해 좋은 인상을 갖고 계신 강 회장에게 내가 그날 회의실에 들어가면서 냅다 "이제 그만 연락하세요!"라는 말을 했더라면 어떻게 되었을까? 지금 생각해도 아찔하다. 그 뒤에 술자리에서 강 회장이 이런 말을 한 적이 있었다.

"솔직히 예전에 제 도움 한 번 안 받아본 친구가 없답니다. 제가 워낙 잘 퍼주는 성격이라서요. 하지만 제 사정이 어려워지니 다들 멀리하더군요. 세상인심 참……. 그렇다고 제 넓은 오지랖이 어딜 가나요? 주위에 힘든 사람이 있으면 어떻게든 돌봐주려는 이 오지랖. 그런데 당장 돈이 없으니 어딜 가도 대접을 받지 못합디다. 제가 아는 변호사들도 많아요. 하지만 상담료가 없으니 만나주질 않더군요. 전화를 해도 피하는 것이 느껴졌고. 하지만 조 변호사님은 처음부터 한결같이 돈과 상관없이 제게 상담을 해주셨잖아요. 저는 그 마음을 잊지 못합니다. 어떻게든 결초보은(結草報恩)하고 싶었거든요. 조 변호사님은 앞으로도 복 받으실 겁니다."

그의 칭찬에 얼굴을 들 수가 없었다. 혹시라도 내가 품었던 마음을 아시게 되면 어떡하나 하는 생각에 얼굴이 화끈거리고 머리가 띵했다. 나는 아무 말도 하지 못하고 그냥 "예, 예." 하면서 술을 받아 마시기만 했다.

*

법률적인 지식으로 남에게 도움을 주는 것은 나에게 결코 어려운 일이 아니다. 법을 모르는 사람에게는 몇 날 며칠을 끙끙 앓아야 하는 일이겠지만 나에게는 단 몇 분, 길어봐야 몇 시간 고민하면 해결책이 나오는 일이다. 그런데도 당시의 나는 실적 평가에 쫓겨 그분의 부탁을 부담스러워했다.

'출이반이(出爾反爾)', 즉 '너에게서 나간 것은 너에게로 돌아온다'는 맹자의 가르침처럼, 우리가 베푼 것은 반드시 우리에게 돌아오고 인색했던 것 역시 언젠가는 되돌아오는 법이다. 강 회장과의 인연을 통해 나는 이 오래된 진리의 깊이를 비로소 깨닫게 되었다.

변호사 업무를 하면서 여러 사람들을 만나다 보면 소위 '잘나가는' 사람들을 자주 보게 된다. 사업이 성공하여 큰 재물을 얻거나 명성을 얻은 사람들 말이다. 그런데 이처럼 횡재와 행운을 얻게 된 사람들이 처신하는 모습은 제각각이다. 그동안 괄시받았던 것을 한풀이하려는 듯 주위 사람을 깔아뭉개는 사람도 있고 일부러 상대의 자존심을 짓밟으면서 도움을 주는 경우도 보았다.

그런데 강 회장은 '유이불시 궁무여야(有而不施 窮無與也)', 즉 있을 때 베풀지 않으면 궁할 때 받을 것이 없다는 순자의 가르침을 몸소 실천하는 분이었다. 사람의 운세가 항상 좋을 수만은 없다. 한때 잘나가던 사람들도 곤경에 처하게 되는 경우가 반드시 생기는 것이 무상한 세상 이치 아닌가.

강 회장은 요즘도 왕성한 활동 중이다. 그 와중에도 주위에 어려운 사람이 있으면 여지없이 내게 소개해주시고, 나는 기쁜 마음으로 그 손님들을 맞이하고 있다.

PATHOS-삶과 태도에 관하여

한 개의 기쁨이
천 개의 슬픔을 이긴다

2022년 7월 7일 초판 1쇄 발행
2025년 3월 26일 개정판 1쇄 발행

지은이 조우성
펴낸이 이원주

기획 이민하 **책임편집** 강소라 **디자인** 진미나
기획개발실 김유경, 강동욱, 박인애, 류지혜, 조아라, 최연서, 고정용, 이채은
마케팅실 양근모, 권금숙, 양봉호, 이도경 **온라인홍보팀** 신하은, 현나래, 최혜빈
디자인실 윤민지, 정은예 **디지털콘텐츠팀** 최은정 **해외기획팀** 우정민, 배혜림, 정혜인
경영지원실 강신우, 김현우, 이윤재 **제작팀** 이진영
펴낸곳 (주)쌤앤파커스 **출판신고** 2006년 9월 25일 제406-2006-000210호
주소 서울시 마포구 월드컵북로 396 누리꿈스퀘어 비즈니스타워 18층
전화 02-6712-9800 **팩스** 02-6712-9810 **이메일** info@smpk.kr

ISBN 979-11-94246-94-7 (03810)